アネモネ

～数奇な運命と朝月夜～

Anemone

ARASE Mino
新瀬 未埜

文芸社

アネモネの花は、ギリシャ語でanemos、風の意味を持つという。

命あるもの全てが、平等に同じ時を刻む。言わずもがなだが……。


決して一日一日が同じ日ではないのだけれど、少しずつ一日の端が重なっていく。

その重なりを「同じことの繰り返し」にするか、「新しい自分の積み重ね」にするかは、
自分の心に、素直に従ってみればいい……。

とは言うものの、それは、とっても難しいことだ。

時には、頑張れという言葉や応援ソングが、少し肌に痛く感じることもある。

そんな時は、時間を気にせず風に身を預けてみてもいいのかもしれない。

呼吸を整えるように。

もくじ

一　十五年前に出会った小さな幸せ

私には、尻尾の付いた娘がいる。彼女は今年十六歳になるビーグル犬だ。右眼は、自己血清点眼（自分の血液を採取して遠心分離をし、抽出した血清の成分と抗生物質を混ぜた、涙に近い優れた点眼薬）などの治療を経て、角膜潰瘍はなんとか治ったが、白内障の発症で、もうほとんど見えないようだ。だが、左眼は、澄んだ綺麗な眼をしてしっかり見えている。

彼女は、たまに右眼が見えないことによる距離感の読み違いからゴツンと私のふくらはぎにぶつかってくるが、生活には問題なく、右眼を除けば至って頑健である。

さすがに人間で言うと七十五歳くらいなので、一日の大半を気持ちよく眠って過ごしている。

朝からしっかりご飯を食べ、おやつを探す〝宝探し〟をして遊び、お昼寝をして、気分転換にお外をお散歩する元気なシニアライフを送る毎日だ。

宝探しとは、かれこれ毎朝十五年続いているおやつ探しの遊びで、まずはキッチンで「お座り」そして「待て」をしっかりできることが基本である。そして、その間に私が部屋のクッションの上や彼女のハウスの中などにおやつを隠して、「はい、よし」の合図で彼女はその自慢のお鼻でキッチンから飛び出しクンクンとおやつを追跡して探し当てるという、その名の通りベタな遊びである。おやつは二個から三個くらいまとめて隠すと、よりワクワク感が増すらしい。

先ほども書いたが、この宝探しはかれこれ十五年も毎朝飽きずに続いている彼女の大好きな遊びだが、最近は、シニアになったせいか「待て」に少々問題が。少しお耳も遠くなってしまっているのと、欲求が強くて待ちきれない。だから、空耳で「よし」が聞こえてしまうらしい。

まだ隠してもいないのに、私の後ろをブンブン尻尾を振って付いてきて探し始めている。

だから、隠す側も大変である。マンションのそんなに広くもないリビングで、毎朝同じようなところにいろいろと工夫をしながら隠すのだから。ぬいぐるみの口の中に入れたり、紙コップの中に入れて伏せてみたり、私の靴下の中に入れて部屋を歩き、

2019年５月14歳のびー

匂いを動かしてみたり。たまに、私が靴下に入れていることを忘れてトイレに入ってしまうと、トイレの下の隙間から彼女のお鼻が左右にクンクンと追跡していて、扉の向こうでワン！と声を上げることもある。

ひとしきり遊ぶと気持ちも満足して、嫌いな歯磨きも素直にさせてくれる。そして、彼女はテクテクといつものお昼寝ポジションにゆっくり歩んでいって眠りにつくので、私も外出しやすい。

そんな彼女は、二〇〇五年三月から我が家のコになった。経緯は、ペットショップでずっと売れ残っていたのを発見したから。

すでに四か月半になっていた彼女は、メインの売り場ではなく、店の入り口近辺の床の上のサークルに移動されており、お客様が入店しても彼女に目を留めることもなく、素通りするような場所にいたせいか、とてもよく眠っていた。

お値段もすでに四か月を過ぎていることと、三月の梅祭りのイベントが相まって、さらに二万円引きと破格のお値段に下がっていた。そして、なんと言ってもその時ちょうど私たち夫婦は、ペットを飼える環境のお家に引っ越していたのである。

飼えない環境ではないということは、私たち夫婦に彼女を抱っこする権利と勇気を持たせてくれた。

抱っこしたら終わりだ。だから、今まで一度も抱っこをしたことがなかった。

お互い口には出さなかったが、「抱っこしたら、絶対そのコを手放さない」「サークルの中には戻さない」と確実に分かっていた。それ故に、抱っこをするということは、私たちには、それなりの強い覚悟のある行為なのだ。

店員さんは、ジーッと彼女を見ている私たちに声がけしてくれた。

「抱っこしてみますか」

「はい」

と先に返事をしたのは夫だった。

「ぴーさん、起きて」

彼女は、店員さんに抱きかかえられた。どうやらショップにいる月日が長かったせいなのか彼女は「びーさん」と名付けられていた。

店員さんの腕から夫の腕の中にすっぽりと入った彼女は、ショボショボした眠い眼を少し開けて体勢を整えると、ヨジヨジと頭の上まで登り、夫の頭頂部で伸びをした。

「おお~なんか元気だぞ。可愛いな~」

「びーさんは、とっても元気で好奇心旺盛なコですよ」

次に彼女は、私の腕の中に来た。胸に抱かれる彼女の速く波打つ小さな鼓動と、生きている温かい体温を感じながら、私は「うちにおいで」「うちのコになろう」などと言ったような記憶がある。

店員さんに、飼い方やワクチンの説明やらアフターサービスなど諸々丁寧な説明を受けて、いざお会計をすると、彼女自身より彼女の身の回りのハウスグッズやフード類を購入するほうが圧倒的に高くて大笑いをした。


初めて犬を飼う私たち夫婦は、彼女を「びー」と名付けた。

偶然ショップでも「びーさん」と呼ばれていたが、私たちも犬を飼うならビーグル犬で名前は「びー」。単純だけどビーグルのびー。「可愛いじゃない！」それ以外の名前を他に考えられなかった。だから、彼女は、私たちの家族になったその時から「びー」と呼ばれた。

ショップから抱っこして家まで帰る途中は、初めてのお外ということで、びーは車や大きな音、人混みにビックリして私の腕の中で終始プルプルと震えていた。びーの小さな肉球が、私の腕に押しつけられていた。私は、そんなびーをぎゅっと抱きしめて、私はこのコの一生を守ろう、必ず……と強く強く誓った。

びーを家族に迎え入れるにあたって、私たちは前日、家族会議をした。

というより、記憶がやや曖昧なのだが、ペットが飼えない賃貸のお部屋にいた頃から「もし、ペットを飼うとしたらワンコとニャンコどっち派？」とか「好きな犬種は？」とか「名前は？」など、よく夫との会話の中で取り上げられていた。その時からすでになんとなく、ワンコを将来家族に迎えるかもしれないなぁ、とぼんやりとお互いに決めていたのかもしれない。

だから、前日の家族会議は、お互いの気持ちと今後一変する生活になるにあたってのお財布の中身の確認だったような気がする。

一応、人それぞれワンコやニャンコを迎え入れるのに、お約束みたいなものがあると思う。

例えば、「幸せにする」とか「子供に責任感を身につけてもらう」とか。小さな命もお金がかかるものだから、多分多くの人がおいそれと無責任な決定はできないと思う。もちろん、環境やお給料と相談するだろう。自分の年齢とも相談するだろう。

私たちにも、そのようなお約束みたいなものがあって、年齢はクリアして、体力的にも大丈夫。彼女の犬生を幸せにするのは当然のことだが、私たちはそれまで毎年行っていた海外旅行はやめよう、と決めた。

ペットホテルにワンコを預けて、二人で海外旅行に行く選択をするのであれば、ワンコは飼わないほうが良いと意見が一致した。

その理由は至って単純で、ペットホテル代も馬鹿にならないし、預ける時、絶対後ろ髪を引かれるからだ。想像しただけでダメだ。悲しくなってしまう。

そんな悲しい状態で、手放しで異国の地を楽しめるのか?

彼女が一人でぽつんとしている寂しさの犠牲の上に成り立っている旅行で自分たちは楽しいと思えるのか?

ワンコは、きっとそんなこと何一つ考えていないと思うのに、私たちは事を大きく大げさに考えまくり、道徳観を問うような議論にまでなってしまった。

結局、旅行の間は四六時中ワンコの心配をするくらいなら、ワンコも一緒に連れて国内旅行をしよう、きっとワンコ連れの旅行ができるはずだと、まだ見ぬ景色に期待を膨らませる結論に至った。


びーは、日曜日の十八時に我が家に来た。リビングで夫が、びーのためにサークルという囲いのお部屋を作っている時、テレビからサザエさんのオープニング曲が流れていた。びーは初めて見るテレビの映像や音楽に首をかしげ、私の腕の中で「ぶーっ」とお尻から大きい爆発音を鳴らした。

私は、ワンコが大好きだ。だが、今までの人生で飼ったことがない。夫は、実家で柴犬を飼っていた。正直、素朴な疑問だった。

「ねえ、あのさぁ……犬ってオナラするの？　今のぶーってオナラ？」

「うん。オナラだよ。カリン（夫の実家の柴犬）もしてたよ」

「そうだよね。生き物だもんね。オナラするよね」

私は、びーを家族にした日に、犬がオナラをすることを初めて身をもって学んだ。

びーはショップで、シーツの上で用を足すというトイレトレーニングができていた。

ちなみにシーツとは、ワンコが家の中で用を足すために敷く、オムツの中身と同じ吸水ポリマーで作られた敷物である。

夫の作ったサークルハウスの中にびーを入れると、クンクンとしばらく匂いを嗅いで一通り確認作業をしてから、敷いたシーツの上でチッチ（ワンコのおトイレ事情でオシッコを表す呼び名である。ワン・ツーと掛け声をかける場合もある。ちなみに大きいほうはプープー）ができた。

「おお‼　すごいじゃない！　できてるよ、このコすごいよ！」

それはそれはもう感動的で、このコは天才犬だと本当に思った。

多分ワンコを飼われている方は皆さん、きっと一度は〝うちのコは天才だ！〟と思ったコトはあるだろう。

例えば、お手や伏せができた時。ボールを投げて、そのボールをくわえて走って戻ってきた時。ゴハンをあげる時に「待て」の号令をかけて、「よし」の合図を出すまでずっと食べないで待っている時、なんてうちのコは賢いのだろう、と。

それは世間では「犬バカ」と呼ぶらしいのだが、「犬バカ」は、「親バカ」と同じだと思うのでポジティブに、「うちのコ大好き」の総称と私は考える。

「犬バカ」。大いに結構である。なぜなら、自分を犬バカだなぁと思う時は、私の脳内では、幸せホルモンがドバドバと噴水のごとく湧き上がっているのだから。気持ちがホッコリと満たされ安定するなんて、まるで、温泉に浸かった時の気持ちに似ていると思う。

十五年前の当時の私たち夫婦は、犬バカという言葉は知らなかったものの、びーを我が家に連れてきて僅か一時間足らずで、今で言う立派な犬バカの仲間入りを果たしたのである。

ハウスに入れて間もなくびーは疲れたのだろう、お店で買ったパイル地のベッドで眠りについた。

私たちは、ようやく夕飯を作り始めた。そうっと。静かに。びーを起こさないように。極めて静かに。

私たち夫婦は共働きだったので、はっと突然気づいた。

そう。翌日の月曜日から、びーは一匹でお留守番をしなければならないのだ。

静かに私たちは動揺した。どうなるかは、まったくもって予測不能だった。

どうやってお留守番させるのだ？

私は購入したお店の担当さんにすぐ電話してお留守番ってどうやってさせるのかを相談した。

すると、とにかく「ハウスに入れてお留守番をさせてください」とのこと。そうしないと、テレビのコードをかじってしまったり、物が落ちたり、何かを誤飲したりして危険とのこと。

ワクチン接種が終わっていないので、お散歩はまだできないから、お部屋で少し遊んで疲れさせれば、お留守番中は寝ているとのこと。

翌日は、恐怖の朝を迎えた。

いつもと空気のまったく違う朝は、結婚して夫と同居をし始めた時以来七年ぶりだ。ずっと二人だけの生活だったので、そこにもう一人、いや、もう一匹加わるだけで、自分だけのことを考えて朝支度していたいつもの朝、というわけにはいかなくなった。

びーをハウスから出すと、よく寝てくれたから、フル充電の状態だ。

白黒茶の小さい命が、朝から元気元気に部屋を走り回り、おトイレを済ませると、私たちが履いてるスリッパを横から噛んでくわえたり、玄関の外履きサンダルをくわえて走っては私たちを驚かせ……もう大変な騒ぎだった。

朝食も夫が食べている間は私がぴーと遊び、私が朝食を食べている時は夫が遊び、交代交代でキッチンに立って食べた。

ゆっくり腰を落ち着かせて……なんて食べていられない状況だった。

部屋の中は、小さいけれど勢力の強い強烈な台風が来たような状態だ。クッションはソファから落ち、ラグマットはめくれ、部屋の中にサンダルが転がっているありさまで、しっちゃかめっちゃか。前日のぴーの大人しさは嘘のよう。猫被り（犬被りか？）のベールを脱げば、元気なお転婆で、ぬいぐるみの首を噛んでブンブン振り回す、かなりワイルドなシッポ娘だった。

留守番までの三時間、ノンストップで遊ばせてぴーを疲れさせたのは成功だった。

夫が先に家を出て、私がその一時間後に出る時には、誘導したハウスでグッスリ夢の中に入ってくれた。そっと玄関を閉め、鍵を掛け、しばらく外の廊下で聞き耳を立てて、吠えていないか確認したが、とても静かだったので安心して出勤した。

仕事中も心配で心配で、あまり仕事が手につかなかったことを覚えている。夫の仕事が営業職だったので、私のパートの仕事が終わる頃、外回りの合間にぴーの様子を見に家へ立ち寄ってくれていて、メールが届いた。

〈ぴー、ずっと寝てたみたいだよ。ちょうど起きたみたいで、シーツをビリビリに破ってたよ。帰るまで家にいるから、買い物して帰ってきていいよ〉

〈帰ってくれてたの？　ありがとう。じゃ、急いで夕飯買って帰るから〉

とにかく、仕事が終わって急いで着替えて、全てを三倍速でこなして電車に飛び乗った。

ぴーが吠えていた形跡はないようだが、日中のことは分からないから、とりあえずご近所トラブルにならないように、マンションの同じフロアと下の階のご近所さんに話を通したほうがいいという同僚のありがたいお言葉通りに菓子折りを購入。夕飯のお惣菜を手前から適当に選び、会計をして急いで袋に詰めて、久々に走って帰った。

玄関を開けると、ワオ〜ンと小さい台風シッポ娘が走ってきて、部屋と夫がクタクタになっていた。

夫はまた会社に戻り、私は、夫と交代で、ぴーとの時間を過ごした。その後の時間もテレビなんて観る余裕もなく、仕事を終えた夫が二十時頃帰宅するまで、洗濯物を取り込んでは、タオルで引っ張りっこをして遊び、畳んではぬいぐるみを投げて遊び、お味噌汁を作りながら履いている靴下を引っ張られて脱がされ、魂がすり減る思いだった。

ご近所の皆さんは共働きなので、夫が帰宅してからそっと家を出て、

「夜分にすみません。あの、赤ちゃんワンコを家族に迎え入れたので、鳴き声や足音諸々ご迷惑なことがあれば遠慮なく言ってください。慣れるまでご迷惑をおかけしますがよろしくお願いします」

と、お願いに回った。皆さん、とても優しく受け入れてくださり、「この方たちに憎まれるようなワンコにはしないように、しっかり育てなければいけないわ！」と改めて責任と気合いが入った。

人間の赤ちゃんが生まれた時も、きっとお父さんやお母さんは、「新しい家族をしっかり育てますよ」という気持ちで、ご近所に挨拶して回るのだろうなぁと、子供のいない私に、漠然とでもそんな気持ちを抱かせてくれたことに、今となっては感謝の気持ちでいっぱいだ。

二　私の知らない母のこと

そんなしっちゃかめっちゃかな日が二か月続いたある日、母が救急車で運ばれたと母の友人大宮さんから電話をもらった。

上司に事情を話し、キリの良いところで仕事を切り上げさせてもらって、電車とバスを乗り継いで一時間半。病院に着いた頃には、緊急処置も終わっていた。救急車に同乗した父は、主治医の説明も聞かずになぜか帰ってしまったらしく、部屋では、大宮さんご夫妻がそばにいてくださった。どうやら胃潰瘍で胃に穴が開く手前だったらしい。

「なんで胃潰瘍になんて？」

とご夫妻が話していたが、私も訳が分からずかなり戸惑った。

確かその日は木曜日で、母が歳を重ねてからできた大切な友人アヤ子先生とお酒を飲みに行く日だった。アヤ子先生は、母が習っている社交ダンスの先生でもあった。

毎週木曜日の十七時に二人は飲みに行っていた。毎回、翌週に飲みに行きたいお店を決めておき、時間に間に合うように各自お店に直行するのだと母から聞いていたので、アヤ子先生がお店に出向いてはいけないと思い、大宮さんご夫妻に麻酔が効いている母を少しお願いして、母のカバンから携帯電話を探して、それを持って病院の外へ出た。

その時は、まだ病院内で携帯電話の使用できる場所がなく、外へ出なければならなかった。

母の電話の履歴からアヤ子先生の電話にかけた。

すると、アヤ子先生はものすごく不機嫌な声で電話に出た。いつも「ミチコちゃん」と高らかに母の名を呼ぶのに。

「アヤ子先生のお電話で宜しいでしょうか？　私、ミチコの娘のミノです。ご無沙汰しております」

「あら、ミノちゃん。何？」

かなり無愛想な声である。というより、けんか腰のような声だった。

「アヤ子先生、今夜母と会う日でしたよね？　木曜日だから。母、ちょっと救急車で病院に運ばれて、処置は終わったのですが、二、三日入院しなければならなくて……とりあえず、今日、母は行けないのでそのご連絡をと思いまして……」

「ふーん、そうなの。何、どこが悪かったの？」

薄い反応で、やや私も疑問に思いながらも「胃潰瘍です」と答えた。

「ああ、そう。ミノちゃん、お母さんから何も聞いてないんだぁ。あのね、私、あなたのお母さんとしばらく会ってないのよ」

「えっ？　ああ、そうなんですか？」

「う～ん。あまり言いたくないけど、あなたのお母さんと喧嘩みたいになっちゃってね。ひと月くらい連絡もしてないのよ」

私は、何も知らなかった。今まで母は元気だったので、そんなに頻繁に連絡もしてなかったし、母のプライベートまであまり食いついて知ることもなかった。だから、私は、余計な気回しをしてしまったという訳だ。

喧嘩の内容は二人にしか分からないことだし、私が出る幕でもないので、ここはあっさり電話を切ろうとした。

「そうですか。何も知らずに大変失礼致しました。ごめんくださいませ」

「あっ、ちょっと待って。どこの病院なの？」

と、アヤ子先生が訊ねてきたので、義理だと分かっていても一応、私は病院名と部屋番号を教えた。喧嘩をしたとはいえ、私の知っている二人は、少女のようにいつも大笑いして楽しそうにお酒を酌み交わし、お互い戦時中の話をしては、涙を流す間柄だったから。

電話を切った後、病室へ戻りながら私は、母のことを全然知らないのかも……と、漠然と思った。毎日お友達と楽しく社交ダンスに通ったり、食事に行ったりしているものだ、とばかり思っていた。その思い込みの上に、私の安定した生活が成り立っていたことにも気づかずに。

病室で待っていてくださった大宮さんご夫妻にも、お礼のご挨拶をした。本当にありがたかった。

すると、ご夫妻が思わぬコトを口にされ驚いた。

「あのね、ミノちゃん。おばさんたちもお母さんには長くお世話になってきたからさ、こんなこと言うのもあれなんだけど……」

「はい？」

なにやら良からぬ気配だ。絶対に……。

「あのね、お父さんね、なんでもかんでも、うちに電話されても困るのよ。これが初めての電話じゃないのよ。うちも、昔からあなたのお母さんにはお世話になってるからねぇ。でも、夜中でもあなたのお父さんがうちに電話してきて、お母さんの具合が悪そうだから、ちょっと来てほしいって。車ですぐの距離だけど、うちも主人がさ、術後、あまり体が強くないからねぇ」

（えっ？　こっちも問題ありなの？）

私は、何がどうなってるのか、さっぱり分からない実家の交友関係に、少し頭が固まった。

（これって、やんわり嫌がられてるよね？　〝しょっちゅう電話してこないでよ！〟って言ってるのよね？　直接父に言いにくいから、私に言ってきたのね。とりあえず謝っておかなきゃいけないわね）

「おじさんおばさん、ご迷惑おかけして、本当申し訳なかったです。父には言って聞かせますので。本当にすみませんでした。ごめんなさい」

母が寝ている隣で私は、ペコペコと頭を下げて大宮さんご夫妻を見送った。

母のベッドの隣の椅子に座ると力が抜けた。まだ、目覚めない母に向かって、

「何がさ、どうなってるの？」

と小さく問いかけ、しばらく天井を見ながらボーッとした。

私にとって、親のことで人様に頭を下げたのは、今回が初めてだった。しかも、一日に二件も。

ふと、（なんでここに父が、いないのだろうか？　こんな緊急事態に、他に優先しなきゃいけないことなんてあるのか？　まあ、たとえここにいても、あまり役には立たない父だけど……）と、やっと父の不在を考えるところに至った。

すると、母が目覚めたので、看護師さんを呼んだ。その後、主治医の先生に病状の説明を聞いたところ、「胃潰瘍で出血したところを内視鏡で止血したから、しばらく入院が必要だ」という説明をしてくれた。ただ、そのことよりも、

「今いる病室は、婦人科の病室で消化器内科の病室ではないのに、無理を言って入れてもらっているのだから、絶対他の患者さんに迷惑にならないようにお願いしますね、がんの患者さんもいらっしゃいますから！」

と、強く忠告されたことのほうに驚いた。

（なんだかなぁ……。病気に上下関係なんてないと思うんだけどな……）

と思いながらも私は、無性に虚しく、言い返せない自分を、頼りなく情けなくも感じた。

今日、三つ目のダメージ。一つ目のアヤ子先生からのボディブローがジワジワと今、痛くなって効いてきた感じだ。

有名で大きな病院だからといって、処置後の患者さんや家族に優しく接するわけではなく、平等でもなく、それより医者の面子というか医局の立場というものを優先するものなんだなと、ドラマの世界ばかりかと思っていたことが、現実にもそうだったことを知った。

そして、今日、誰も母の病状を親身に心配してくれる人がいなかったことに、なんだか泣けてきた。


母は五日間の入院が必要だということで、その間、パートの仕事は、上司と相談して、十六時までを一時間早く十五時であがらせてもらった。夕方、食事の時間に間に合うように、母のところへ見舞いに行った。

すると、母が何度も何度も私に尋ねるのだ。

「お姉さん、ここはどこ？　アタシどうしちゃったの？　家に帰りたいんだけど」

私のことが、分からないようなのである。しかも、なんとなく虚ろな目を向けるし、天井の壁を見て、「あそこにモヤモヤ黒いのがいるのよね」など訳が分からないことを言うし、一晩でどうしたのだろうと心配になった。担当の研修医の先生が回診にいらっしゃったので訊ねてみると、

「ご高齢の方にはよくあるんですよ。突然環境が変わると動揺しちゃって。ストレスで健忘症のような感じになってしまうことが」

と説明してくれただけだった。治るのか治らないのか、肝心なことは話してくれなかった。

夕食を母と一緒に病室で取り、話をしていても、何かおかしい。何度も何度も繰り返し「ここはどこ？　いつ帰れるの？」と言う。時折、私をちゃんと娘だと認識する時もあり名前を呼んでくれるが、「お姉さん」と呼ばれた時は、正直背筋がゾッとした。

ベッドサイドテーブルの上にメロンが箱ごと乗っていたが、誰が持ってきてくれたのか、母は全然分からないようだった。どこにも名前も書いていなくて困ったので、

看護師さんに訊ねてみると「午後に女性が一人お見舞いに来ていた」と。

相変わらず自分しか見えない父は午前中に見舞いに来たらしく、メモ書きが置いてあり、自宅に洗濯物がたまっているから洗濯に来てほしい旨が書かれていた。私は、「自分のことしか考えられないの！　いい加減にしてよ」

と、父のメモをくしゃくしゃと丸めてゴミ箱に捨てた。そして、

「また、明日来るね。おやすみ」

寝息を立てている母にそう言って、相部屋の方に軽く会釈して病室を出た。

病室へ面会に行く前には、警備室前で病室と名前を記入し、番号のバッジを付け、帰りは、バッジを返却する。警備員さんに、午後母を訪ねた方を調べてもらったら「アヤ子先生」だった。そっと「義理一遍かな」と思った。

病院から最寄り駅までの最終バスに乗りながら、なんとなくこれから先、あまりよくないことがあるような直感を覚えた。

私は、母が四十二歳という高齢で産んでくれた子だ。私はその当時三十三歳、母は七十五歳。必然的に母はもう高齢者である。

小学生の父兄参観日などでいつもクラスの男子に、

「どっかの家、おばあちゃんが来てるよ」

と言われていて、はじめは、そんなにうちの母親は他のお母さんより老けているのか？　と傷ついたけれど、だんだん人に言われるたびに慣れていった。

それどころかそのように言われていたからこそ、うちは他の家のお父さんやお母さんとは違うと思い、親の年齢を常に意識し、普通は自分が五十代頃訪れるであろう親の介護を、三十代に体験するような状況になるかもしれないと、心のずっと奥底に、静かに思いを沈殿させて生きてきた。遅かれ早かれ三十代のどこかの年齢で自分の身に降りかかることだと分かっていたから、今回のことも、とうとうやってきたかな……という冷静な気持ちで受け止めている感じだった。


家に帰ると、二十二時を過ぎていたが、ぴーと夫が食事を済ませていてくれて、ホッとした。お転婆だけど、ぴーがいてくれて良かった。気が紛れるし、あのバタバタ感が自分の生活にすーっと戻れるようにしてくれた。

よくないことの予感は的中した。お風呂から上がり二十三時を過ぎた頃だっただろうか。病院から電話があった。母が急変したのかとドキドキした。でも、医師はすごく怒っている感じの声だ。

「夜分すみませんが、お母さんを今晩、連れ帰ってもらえませんか？　言ったでしょう、婦人科の病室のベッドを借りているって。がんの患者さんとかもいるんですよ！」

私には、まったく話が見えない。

「でも、五日間くらい治療が必要だって……。だから、退院は火曜日ですよね？」

「でもね、こっちは、お母さんが帰りたい帰りたいって大声で暴れて大変なんですよ！」

どうやら母は、私が母の様子が変だと思って研修医の先生に相談していたコトが、夜になってさらに裏目に出たようで、大声で叫んでしまっているらしい。

「日中も変だったので、相談したら高齢者にはよくあることだって、その時研修医の先生がおっしゃっていて。変だと先生もお分かりになっていたのでしょう。部屋が婦人科の病室だとか言われても、それは母には関係のないことですよね？　他に移れるお部屋はないのですか？　治療が終わってもいないのに退院したって、その後、胃に何かあったとしても、父や私は医者じゃないし、どうすることもできないですよ。悪化しちゃったとしたら、その時はちゃんと責任もって先生が対応してくださるんですよね？」

すると主治医の先生は、

「だから、空いてるベッドは他にないんですよ。もう処置は済んでるから。あとは、外来で対応できるから。とにかく、早く連れ帰ってほしいんですよ」

もういい加減にしてくれよ！　と言わんばかりの主治医の呆れた声。「はあ〜」というため息と共に電話の声が遠ざかる。

（なんだかな……。納得いかない……。これって「母がうるさくして、すみませんでした。じゃあ、連れ帰ります」と言って、頭下げてコソコソ真夜中に胃潰瘍で処置したばかりの七十五歳の高齢患者を退院させていいってことなの？　病院ってそういうところなの？）

頭の中でモヤモヤが渦を巻く。

母も私も病院とは縁遠かったので、病院のシステムがよく分からなかった。

夫に話すと、

「それって病院の都合じゃないの？　おかしいよ。それに今から行っても夜中の一時から二時頃になっちゃうよ。それこそ、他の患者さんに迷惑でしょう。だったら、明日の朝、退院すればいいじゃない」

と冷静だった。

「やっぱり変だよね、そうだよね」

一人で考えると、威厳のある立場の人の意見のほうが正しいのではないか？　と思ってしまう気弱な私。

でも、自分の母親のこと。守れるのは私だけ。押される一方ではなくて、「おかしいことは、おかしい」と不本意であることは言わなければ。

私は、一呼吸置いて先生に一気にそう伝えた。主治医はすごく不機嫌な声で、

「じゃあ、会計は、月曜日でいいんで、薬も用意しておくから、明日の朝一で連れて帰ってください」

そう淡々と話して一方的に電話を切った。

翌日、朝食を食べ終わった母を迎えに行った。

同じ病室の方に一応、昨夜ご迷惑をおかけしたことをお詫びした。皆さんばつが悪そうに目を伏せていた。

（しかし、この二〇〇五年の段階では、まだプライバシーを守るということが、医療現場でも確立されていなかったのだなと思う。なぜなら、医師が「同室にがん患者が

いる」などと言ってはいけないことなのではないか？　と、今は思う）

看護師さんに、薬や家での食事や次回外来の説明を受けた。

すると、母がまた幻影を見ているようで天井の隅を指さしてブツブツ話している。母の目に光はない。この異常な状況を看護師さんも見ていて、私は、

「やっぱり、母は変じゃないか？　先生にもう一度相談したい。こんな状態で本当に退院していいのか？」

と相談した。

しばらくして主治医ではなく、研修医の先生が来て、この異常な状況の説明をしてくれた。

「確かに、昨夜の件も含めお母様の状態はおかしいと思います。しかし、昨日も説明したように、高齢者にはよくあることなんですよ。突然、環境が変わると精神的にダメージを受けて認知症のような症状になることがあって」とのこと。

「一番は、早く家に帰ることです」とも付け加えた。

そんなことってあるのかと半信半疑だったが、とても熱心に説明してくださったので、溜飲は下がった。さらに先生は、

「心配ならひと月後に神経内科を受診されてはどうか？」

と提案してくださった。一か月後も母の様子がおかしければ、母に何かが起きているということだ。きちんと医師に診てもらったほうがいいと私も思った。

先生は、神経内科の予約も取ってくださり、私の不満も収まった。

この機会は、私に少しずつ少しずつ、母の命を私が預かるという事の重さをじわりじわりと感じさせるほんの序章に過ぎない。

これから先、もっと私は、母を守っていかなければならないことは、まだ知る由もないのだが。

実家に母を連れ帰ると、父はいなかった。普通に仕事に出かけていた。父は、洗濯機も回せなければお皿も洗えない人だった。

濡れたバスタオルやパジャマや他の洗濯物が洗濯機に入れっぱなしで、キッチンの洗い桶には、浸けっぱなしの食器。父は、母の入院が通常通り五日間だったら、どうするつもりだったのだろう？

今までは母が元気で入院とは無縁の人だったから、母がいない時の「父」の生活のことなんて考えもしなかったけれど、意外と厄介な存在であることに違いないなと確信した。

そしてその時、病室で父のメモを捨てたことを思い出した。「洗濯してほしい」だったろうか。自分でやろうとはせず、できるかぎり人様にやってもらおうとすることの性格も、後に大変なことに繋がるのである。

唯一、父ができたのは、夜にインコの「ピーちゃん」の鳥カゴにタオルをかけること。

しかし、朝になって夜にかけたタオルを取ってあげることは、残念ながら、頭にはなかったらしい。

母は、ピーちゃんのカゴにバサッと無造作かけてあるタオルを取って、

「ただいま、ピーちゃん」

と言った。ピーちゃんの存在はしっかり覚えているみたいだ。

私は、母が少しでも変な様子があったらどうしようとドキドキしていた。

母は、自分の洗濯物をカバンから出していつも通りに洗剤を入れて洗濯機を回し始め、普通に家事を始めた。

「横にならなくて大丈夫？」

「大丈夫よ。もう治っちゃったから。全然痛くないし」

母は、正常だった。研修医の先生がおっしゃった通り、家に帰るといつもの母だった。

ホッとした。本当にホッとした。あんなに緑茶が美味しいと感じて飲んだ日はない。

母の生活を見守りながら、しばらく様子を見る日々が続いた。

三　豆台風発生

この頃、シッポ娘のぴーは、ワクチン接種も狂犬病のお注射も済み、お散歩デビューをした。

想像では、普通に犬の散歩をしている方のように、ワンコと落ち着いて隣同士に並んで歩くものだと当然のように思っていた。

だが、実際はそんな可愛いものではなく、かなり激しいお散歩デビューだった。首輪をするのにガウガウと唸って嫌がり、追いかけっこみたいになって、部屋中グルグル走って止まらないものだから、オヤツをあげながら夫と二人がかりで首輪をサッと首に通してカチッとバックルを留める。抱っこして外に連れ出すと、豆台風びーは、ワオーンと雄叫びを上げ、わくわくと大興奮している様子。

びーは、顔を上げるどころか鼻を地面に擦り付けてクンクン這って前進し、まったく顔を上げない。外に怖さを感じることはなさそうなのだが、

「犬の散歩って、こんな感じじゃないよね？」

「初めは、もっとビクビクしながら歩いて、おとなしいはずなんだけど。あっ、なんか食べちゃった！」

二人で嫌がるびーのお口を開けて口の中を見ると、タバコの吸い殻が舌の上に乗っていた。

普段はまったく気にならなかったのだが、その時、人生で初めて喫煙者の方々に、（吸い殻を道に捨てないでよ！）と強く願った。

「タバコの吸い殻は、食べちゃうと中毒になってしまう」とワンコの雑誌に書いてあったので、初っ端《しょぱな》からドキドキした。自然にリードを持つ手に力が入る。

びーの命を守るのは私たちだけ。母の命を守るのも私だけ。

今までの生活の中では、自分が「責任感」というものをあまり意識して生活をしていなかったので、びーのお散歩をし始めてから、お外で用を足した後の始末やお水かけ、他のワンちゃんとの交流などを通して、責任感やマナーの多くのことを学んでいった。

お友達になったワンちゃんが集まっている公園があって、同じような月齢のワンちゃんはみんなすんなりそこまでテクテク歩いて三十分くらいで着けるのに、びーは、同じ場所に行くにも二時間かかった。

とにかくクンクンクンクンクンと匂いを嗅ぎまくっては、嗅ぎ残しがあるのか数歩戻り、また前進する。

そして、拾い食いをしてしまってガウガウするびーのお口を開けて、ティッシュや葉っぱ、石や唐揚げの骨を取り出す。

こうしてみると、道にはいろんな物が落ちていてる。ティッシュが一番多い。湿布もよく落ちていて、肩や腰に貼った湿布が、どのようにして剝がれて、ここに落ちたのか？　謎なことも多々あった。

こんなことを繰り返しながら歩くものだから、お友達のいる公園に到着した頃には皆さんは帰宅する感じで、すれ違いになってしまった。

同じ月齢（七か月）の仲良しさんは、自転車の後ろカゴにおとなしく乗っていて、お母さんと自転車で公園まで来ていた。

蒸し暑い六月の梅雨の頃、雨上がりの暑い空気の時には、歩くのもしんどい。暑がりの私には、尚のこと一層辛い。

そんな中、颯爽と自転車で横を通るお友達。

「びーちゃん、こんにちは。またね」と。

正直、とっても羨ましかった。びーも、自転車に乗せてみたが、乗り物に乗ると、これまた大興奮してしまい、ずっと「ワオーンワオーン」と、カゴの中で立ち上がって笑顔で吠え続けてしまう。到着するまでずっと。危ないし、周囲の人を驚かせてしまうので、自転車には乗せられなかった。

お留守番はしっかりできる。でも、お散歩がままならない。拾い食いはとっても危険だし、前になかなか進まないお散歩というのもどうしたらいいものなのかと悩んでいた時に、私たちは、ワンコのトレーナーさんの存在を知った。

早速、トレーナーさんに来てもらい、トレーニングを開始する。もちろん、「人間も」である。

言葉だけでは簡単そうにトレーニングするようなニュアンスに聞こえるかもしれないが、これは結構、根気と時間がかかり、心身ともに過酷な試練なのだ。でも、豆台風びーのため。私たちのため。私たち二人とシッポ娘が平和に安全に暮らすため。

呼び戻しや歩く時に、隣にしっかり付いて歩く方法。苦手なコとすれ違う時の方法。クレートという、ワンコやニャンコが入る小さな持ち運びができるハウスに入れる方法。これは、震災などでペットが避難所に入れない時に、これに入れるようにしておくと預かってもらえたり、飛行機や車で移動する時も機内・車内で安全に落ち着かせることができ、何かと便利だということで、トレーナーさんは、クレートトレーニングを一番に行った。いろんなコトを一つ一つクリアにして成功を増やしていった。

躾で一番大切なことは、飼い主とワンコの絆を深めるために、成功例をたくさん増やすことだそうだ。それには、たくさん褒める。できたら褒める。褒めてオヤツをあげる。できて数秒以内にオヤツをあげる。その繰り返しだ。翌日、同じことができなくなってしまっても、諦めずにポジティブに愚直に前進する。

二つ目は、他のコと比べない。これは、当たり前のことだ。人間だって同じことなのに。人に言われて気づくなんて。私は、自転車に乗るお友達ワンコやちゃんと前を見て歩けるワンコを羨ましく思ってしまっていた。そんな自分を大いに反省し、自己嫌悪にしばらく陥った。

トレーナーさんとお話しすることは、とても新鮮だった。そのような「気づき」が、一番大切なのだそうだ。

そして、三つ目。これがなかなかの曲者だ。いつも夫と私は、トレーナーさんに

「お父さん、もう少しテンション上げていきましょう」

「お母さん、もう少し声のトーンを高く上げられますか？」

と、促されていた。私たち夫婦には子供がいないので、「お父さん、お母さん」と呼ばれること自体、耳も気持ちも慣れていない上に、大人二人で生活しているから、そんなにテンション高く話すこともなく淡々と過ごしてきた。だから、急に「テンションと上げて」「声を高く」と言われても、なかなか難しいことだった。

これではいけない。一皮剝かなくては……と最初にテンションを上げていったのは、夫だった。夫は、突然声高らかに、

「びー、おいで！　ボール持ってきて！　持ってきて！　はい、びー、持ってきて！」

と、手を叩きながら羞恥心を振り払った。

そんな夫の姿に、私はギョッとしたが、何より我がコとの絆のため。必死に手を叩いてびーを呼ぶ夫に、びーは応えるかのように走って足下に戻ってきてくれた。夫は、声高らかに褒めちぎり、「イイコ、イイコ」と嬉しそうに撫でまくっていた。

私も感化され、見えない羞恥心を振り払い、眉を上げて、最大限に口角をあげた。

そんな必死な私たちを、トレーナーさんは褒めてくれた。人に褒められることも最近ないけれど、人に褒められることは嬉しいものだなあと夫と感じた。

それから私たちは、お互いよく褒める……というよりは「ありがとう」と、言い合うようになった。

「ありがとう」を言う時は、必ず何かをしてもらった時だから。何かをしてもらったということは、当然、相手を思って何かをしてあげた時だから。「褒める」だと、少し上から目線のような感じになるような気がして、同じ歳の私たちには、そぐわないかな……となんとなく思い、自然に「ありがとう」と言う回数が増えていったように思う。

トレーニングは、トレーナーさんの来ない日も毎日続けた。お散歩の途中でお座りの指示。歩いていて、びーがグイグイ私たちの前を歩きだしたら、飼い主は突然踵を返して逆方向を歩いたり、公園の前でしっかりお座りさせてから人に続いて園内に入ったりする。これは全部、理由のあるトレーニングで、私たち以外でもしている人をよく見かけた。

その時は、心の中で（あっちの飼い主さんも頑張ってるなぁ。私も頑張ろう）と、びーとの時間を大切に大切にした。

四　蓋の合わない鍋

母には、私の生まれる十三年前、前夫との間に授かった長男がいた。

そう。私の父と母はお互いバツイチ同士。父には子供はいなかったが、母にはいたのだ。

父違いの兄は、母から「親戚のお兄ちゃん」だとずっと幼い頃から聞かされていたので、実兄だと知った時は、とても動揺して顔をまともに見ることができなかった。なおかつ、私の戸籍に書かれた父が実兄の父だということも戸籍を見て初めて知り、驚いた。そして、私の本当の父親が、養父と記されていたのだからさらにビックリだ。でも、誰がどう見ても父と私は顔がそっくりで、疑いようがない父娘である。

私の戸籍は滅茶苦茶だ。

だが、問題は、今まで親戚のお兄ちゃんだった人が、急に、実兄だと知ったところで、どう接していいものか分からないということである。

全てが露わになった日のことを少し思い出してみる。

あれは、婚姻届を出すためにお付き合いしていた彼（現在の夫）と市役所を巡っていた二十六歳の秋だった。

父は私の結婚にはさほど興味はなく、母は大反対だった（一応、さらりと触れておくと、父が興味があるのは、「自分」だけであり、自分が絶対的にこの世の中心でなければならないという人種なのである。稀に、そういう人間もいるということを、頭に入れておいてほしい）。

だから、結婚は強引にいかないとできないと思った。最悪、母とは合意に至らないかもしれないとも思っていた。

婚姻届に必要な戸籍を取りに、母に聞かされていた本籍地に行ったら、そこには私の戸籍がなかった。役所の人に「〇〇市に行って取ってください」と言われて不信に思った。

そして、言われるがまま、その地の役所へ行くと私の戸籍があった。

「どういうこと？」

私は、一人で見るのもなんだか怖い気がして、彼と恐る恐る戸籍を見ると、知らない人の名前が父の欄に書いてあるではないか。

「誰？」

もう、それしかなかった。震えた声でもう一度言った。

「誰？　この人」

私は、両親に二十六年間ずっと隠し事をされていたのである。実兄にも。なぜ、実兄にもと思ったかというと、単に、実兄の名字と父の欄に書かれている男性の名字が同じだったから。目に映るまま父子関係なのかと思った。

その後、彼とどのような会話をして、どのように帰宅したか、正直何も覚えていない。ただ、家に帰ってこの「父」の存在を聞かなければならないことだけは分かっていた。

その日の夜だったと思う。家に帰ると父と母がリビングにいたから、ちょうどいいと思って尋ねた。

「あのさ、戸籍の父親の欄に書かれてる男の人って誰なの？　いつも泊まりに来る親戚のお兄ちゃんと同じ名字だよね？」

当然のごとく、自分中心、面倒ごとはごめんの父は、サッサと黙って自室へ行ってしまった。

母は、そんな父の背中に「逃げるの？」と言った。

そんな母の言葉も虚しく、扉は、バンッと閉まった。

私は、母のほうを見た。母は、すごく怒っていて、鬼の形相だった。

「勝手に戸籍なんて取りに行って！　知らなければいいことだってあるんだ！　絶対結婚なんて許さないから。勝手に家庭を乱すんじゃないよ」

母はそう言って、こう続けた。

「アンタは親不孝だ。ここまで育ててやったのに！　親不孝者」

そう私に怒鳴って、わぁ～とリビングのテーブルに伏せて大声で泣いた。

何がなんだかサッパリ解決にもならない。

しかしこれが、母と戸籍の会話をした最初で最後である。

母は元々、私のことを、自分の言うことなら百パーセント絶対に聞く子供だと思っていた親だった。私も、それが一番間違いない、正しいのだ、と思っていた。

だから、ずっと、母の言う通りに生きてきた。

なぜだろう。なぜそう思っていたのだろう。

今なら分かる。あの時の私は、反論することが怖かったのだ。母を怒らせたら怖い
……だから、逆らわないように自分を塞いで生きてきた。

だが、社会に出て、いろんな経験を積んでくると、なんとなく母の言うことが、全部が全部正しいとは限らないことも分かってきた。

その沈みの部分が、自分で克服しなければいけない部分だ、とも理解し始めていた。

それが「逆らう」ということなのか「親離れ」ということなのかは分からないが。

だからこそ、反対されても結婚しようと思ったような気がする。この家を出なければ

ば前に進まないと。反対されることが、別に嫌だとも思わなかった。私には、前進だったのだから。

その時、私の意志は固く、どんなに母が泣いても喚いても、母の思う通りにはならなかった。否、私が、しなかった。

今、こうして時を経て思えば、戸籍なんていつかはバレてしまうことだし、いくらでも自分たちの離婚のことや実兄のこと、戸籍上の父親のことなど話す機会はあったと思う。

例えば、高校卒業の時とか成人式の日とか。節目に話すなら、結婚も一つの節目だったと思うのに、母は、金輪際この件に関しては口を開こうとはしなかった。聞いてもだんまりを貫いた。父もまた然りである。この件は、結論から先に言うと、両親ともに貝のように口を閉ざし、墓まで持っていった。見事なまでに。あっぱれである。

しかし、いくら親がだんまりを貫いたところで、私が私の戸籍上の父親の追跡をやめるものでもない。

なぜなら、当然、自分のことだから。何のことはない、自分の生まれた人生に、知らない人が介入しているのは、腑に落ちないことだと思うから。それを知りたいと思うことは、悪いことではない。むしろ、知らないことのほうが、気持ちが悪い。

それなら、この名字が同じの親戚のお兄ちゃんに聞くのが、一番なのかもしれない。

私は、後日、親戚のお兄ちゃんに電話をした。

「あのさ、私、ちょっと戸籍を取ってきてね、お兄ちゃんと同じ名字の人が父親になってるのよ。この人、誰だか知ってる？」

「……」

電話の向こうは、シーンと静まりかえっていた。しばらくして、

「その件は、俺の口からは言えないな。両親は、なんて言ってるの？」

「だんまりだよ。すごく怒られたし、泣いてた」

「えっ？　何も言わないの？　ミノちゃんは、今まで何も聞いてないの？」

「何も聞いてないよ」

兄は沈黙していた。次に繋がる言葉が見つからない感じだった。そして、電話の向こうで兄嫁さんと何か話をしていた。そして、こう続けた。

「なんで、戸籍なんて取りに行ったの？」

「ああ、私ね、結婚するから」

また、兄は黙った。ものすごく複雑で混沌とした気持ちだっただろうなと思う。

「あのさぁ、ミノちゃんは、俺のことを今までなんて聞いてたの？」

「親戚のお兄ちゃん、だよ」

この時の兄も、私と同じくいろいろな気持ちの整理をつけたのだと思う。

自分は、全てを理解して、私（妹）と接してきたのに、私（妹）は、親戚のお兄ちゃんとして接してきたのだから。やり切れない気持ちもあっただろう。そして、自分のことを「親戚のお兄ちゃん」にして、何も事実を話していない母にも、憤りを感じていただろう。

五　生まれて良かったのかな？

兄は、初めは「自分の口からは言えない」と言っていたけれど、間を置いてから冷静にこう言った。

「俺の親父だよ」

そして、続けた。

「お母さんと俺の親父と俺とミノちゃんは、家族だったんだ」

少し間を開けて、お互い息を整えて、兄が続けた。

「俺が十三歳の時にミノちゃんが生まれて、一歳になる頃に親父たちは離婚した」

（そうなんだ……。でも、私の顔はどう見ても今いる家の父、養父の父とそっくり。戸籍上の父は、なぜ私を認知したの？　自分の子供ではないって分かっていなかったの？）

私の不安は的中する。

「親父は、ミノちゃんを自分の子供だと思っていたんだ。生まれた時も産院にも駆けつけたし」

（ああ、なんか最悪なシナリオのような気がする。もしかして、母は……）

「もしかしてさ、お母さんは、今いるうちの父親と浮気した？　その子供が私？」

「うん、そうだよ」

案外あっさりだった。

最悪だ。私は、腹が立った。「お母さんの言うこと聞いていれば全部正しいんだ！」なんて、よく言えたものだ。正しくないじゃない。

夫の子供ではない子を身籠もって、内緒にして産んでしまうなんて。普通に考えても、間違っているでしょう。夫の子か浮気相手の子かなんて、母親本人しか分からないこと。

それがたとえ分からなかったとしても、生まれてきたら、浮気相手にソックリの顔つきの赤ちゃんで、どんなにゾッとしたことか。

いくら鈍感な男性だって（なんか俺に全然顔似てないな。そのうち似てくるのかな）と、思っていても、近所に自分の子供とソックリの妻の知り合い男性がいたら……疑うでしょう。

何度も言うが、私は実父にソックリなのである。私が迷子になっても、誰しもが「お父さん、娘さんここですよ」と実父のところへ連れていってしまうくらいに。

だから、戸籍上の父親が、赤ちゃんの私が成長していく過程のどこかで自分の子ではないと察するのは、時間の問題だったと思う。

どのように戸籍上の父が私を自分の子供ではないと知ったのかは、兄にも分からないらしい。

ただただ、私のせいではないのだが、戸籍上の父親を不憫だと思った。何も知らずに、生まれたばかりの私に名前をつけ、役所に出生届を出しにいってくれたのだから。

兄に、母が妊娠中の時の様子や私の生まれた時、生まれた後の暮らしの様子を聞くと、記憶にないと言った。

ただ、私が生まれた時には、父兄で産院に来てくれたそうだ。

あとは……覚えていないとのこと。

私は、妊娠出産をしたことがないので、妊娠出産経験者や男の子を子育て中の友人などから、その時のご家族の様子などの話を聴いて勝手に想像した。兄は、十三歳で思春期真っ只中の中学一年生。初めて見る大きくなる母親のお腹や陣痛が来て妹が生まれた時のことは、多分、記憶に残る出来事だろう、と。嬉しい嬉しくないは別として。

それを「記憶にない」というのは、よほど、思い出したくない、話したくない事実があるか、感情をかき立てようとせず、本当に何も感じなかった愚人である。

そして、兄は私（妹）が生まれたことを、私（妹）がいることを、誰にも話さないで生きてきた。親友にも、同僚にも、自分の奥さんの親族にも。

「自分はずっと一人っ子だ、と話しているから」

と私に言った。私の存在は表沙汰にできない妹。

私は、影なのである。

ただ一つ、私が兄に一番聞きたかったことは、戸籍上の父が私を抱っこしてくれたのか？　ということだった。

生まれてすぐに人に恨まれる私も我ながら可哀想だったから。その後に、あまり好きになってもらえなかったとしても、ほんの一時《いっとき》でも私を抱っこして笑ってくれたら、私の生まれた意味もあったのかもしれないと思いたかった。兄は、

「親父は、抱っこしてたよ。ただ、今は、お母さんやミノちゃんの名前なんか出したらすごく怒るし悪口を言うよ。思い出したくもない存在なんだと思う」

そう言った。

私は、抱っこしてくれたことに感謝した。戸籍謄本の紙面上とはいえ、私の戸籍上に「父」として、永遠にその名を残す人なのだから。たとえ本人が私を嫌いでも。

戸籍上の父親と兄、母、私は一年近く家族四人で一緒に暮らして、その後、離婚し、

兄は戸籍上の父親に、私は母に引き取られた。浮気相手の実父は、その頃まだ離婚をしておらず、母と私は小さなアパートで暮らしていたそうだ。

結婚前から洋裁の先生をしていた母は、収入を得るために洋裁の仕事をしていたらしく、時折私は、ご近所さんの家に預けられた。

こうして兄の存在は、物心ついた頃から私の中では「親戚のお兄ちゃん」としてインプットされた。

母も、ここまでの過程を私に話さないままでは、「親戚のお兄ちゃんは、本当のお兄ちゃんだよ」という説明ができなかったのだろう。しかし、そんなこと話せるはずがない。

なぜなら、母は、自尊心の高い人だったし、娘の私の前では、絶対的正義の存在の母親でいることが、母としての存在理由だから。娘に軽蔑されて生き恥を晒すくらいなら、たとえ問い詰められてもだんまりを貫き通したほうが、自尊心と威厳を保てると考えたのだろう。

そして、母は気づいていたのだろうか？　私を宿してから新たに始まった母の人生は、その愚かな自尊心のせいで、絶対的正義とは真逆の嘘をつきっぱなしの人生になるのだということを。

私は、母の子として思う。

何度も戦火の中を生き抜いてきたというのに、こんなことで嘘の人生を歩かなければならないなんて、なんと愚かで虚しい自尊心なのだろうと。

きっと母ならこう返すと思う。

「口では簡単に言えるんだ」と。

嘘は鎧。嘘をついた回数や年数が増えていくたびに、鎧は強度を増していく。

六　母の変化が始まる

びーとの初めての夏を迎える頃、もう一つ問題が起こった。

母が、私の勤務先によく電話をかけてきて、具合が悪いとか腰が痛いとかなんだかんだと理由を言って、すぐに家に来いと言ってくるようになった。

初めの何回かは、胃潰瘍の痛みかと思って仕事を早退させてもらい、実家に駆けつけた。

家に着くと「いらっしゃい」と母は出迎え、何事もない状態だ。

「具合、悪くないの？」と尋ねると、「もう治った」と言う。

しばらく一緒にお茶菓子を食べながら話をしていると、普通に、

「さくらんぼ持って帰る？」

と言いながら、タッパにサクランボを詰めている。

病人を疑うわけではないのだが、少しおかしいような感じがした。

そして、母は毎回、帰る私をベランダに出て見送ってくれた。実家のマンションは駅の目の前だったため、駅のホームに立つと、ベランダに出ている母がよく見えた。

母は手を振っていて、私も振り返した。母は、私が電車に乗り込むまで、ベランダに出ていた。

この一連が、毎回なんとも寂しく心に響く。さらに寂しさを増幅させるのが、家を出る前に、玄関で母が、

「元気でね」

と言うことだ。毎回永遠の別れみたいで辛かった。だから、帰る時はいつも、

「また来るから、何かあったらいつでも電話して」

と言ってしまう。

この言葉が、どんどん母を壊していってしまった。

母から会社に電話をかけてくる回数が多くなってきて、会社にも迷惑がかかってしまうので携帯電話の番号を教えた。

「ただ、仕事中は電話に出られないから、休み時間に折り返すから」

と言っておいたのだが、母は、会社の電話だと総務の受付を介して、私がすぐに電話に出るのに、携帯電話だとなかなか電話が折り返しかかってこないことに腹を立てた。

ある日、まだ、昼前のことだったたと思う。総務から、

「お母様から電話です」

いつものように電話が回ってきて、私が電話に出た途端、ものすごい剣幕で、

「何回電話をかければアンタが出るのよ！　親を馬鹿にしてるのか！」

母は激しく怒りをぶつけてきた。その声は私の所属している部署の上司三名にもバ

ッチリ聞こえてしまって、皆さんビックリして仕事をする手が止まってしまった。

「声が大きいよ。もう少しトーン下げて。まだ仕事中だから」

私は、受話器に手をかざして小さな声で話すと、

「うるさい！　うるさい！　仕事と親、どっちが大事なんだ。すぐ来いって言ったら来るんだよ！」

わざと私を困らせるように、大声で怒鳴り散らして、一方的にガチャンと電話を切った。

部屋が静まりかえって、ばつが悪い空気が澱む。急いで机の引き出しのカバンにしまってある携帯電話を見ると、すごい数の着信履歴が残っていた。

これは、やっぱり変だな。

何かがおかしい。

認知症みたいな感じなのかな？

私が携帯電話を見つめて途方に暮れていると、上司の一人が、

「ここまでの仕事は終わってる？　今日はここまででいいからさ、ご実家に行ってきなさい」

と言ってくれた。隠す相手でもなく、もしかしたら、これからもっと迷惑をかけてしまうかもしれないと思い、家族の……あまり人には話したくはない「重いこと」を少しだけ話した。

「もしかしたら……母は、認知症かもしれないです」

もう一人の上司が、ゆっくりした口調で、

「うん。なんか聞こえた電話の感じで、そんな気がしたよ。心が少し荒れている感じだね。お母さん、寂しいのかもしれないね。早く行ってあげなさい」

さらに三人目の上司が、

「うちの同居している義理の母もね、似たような感じで荒れた時があってね、妻が大変だったんだよ。でもね、本人が一番怖いと思うんだよね、いろいろ分からなくなってきちゃうことが。気持ちは落ち着いた？　悲しいよね。親がさ、変わっていくのって。無理しないでいいからさ。みんな通る道だから。頑張ってる人に〝頑張って！〟って言うのもアレなんだけどさ、本当、頑張って！」

私は、上司に恵まれた。本当に理解のある良い上司で、これまでも何度も早退させてもらっているのに、不安で押しつぶされそうな私の気持ちも汲んでくれた。

まだ認知症だと確定したわけでもないのだが、上司が三人とも電話から漏れ聞こえる母の声を聞いて「実家に行きなさい」と言うくらいなので、誰が聞いてもすさまじかったのだろう。

私は、実家に向かった。夫には電話で事情を伝え、びーのことをお願いした。

夫もさすがに母の私への電話の頻度と感情の起伏の荒さに不安を募らせていた。夫の父親もピック病という人格を奪う認知症の一つの病気を発症しており、義母がとても苦労している。だから、人格の変化には少しだけ知識があった。

何回目だろう、不安な気持ちで実家の方向へ向かう電車に乗るのは。

実家に着くと母は、

「どうしたの?」

と、不思議そうな顔で迎えた。

横になっていたらしく、髪の毛に寝癖がついていた。なんて言ったらいいのだろう?さっきの電話の怒号を忘れている感じだ。でも、あんなに怒ったのだから、忘れるわけないよね……とも思う。

「お昼前にさ、会社に電話くれたでしょう」

と優しく話しかけた。

「かけてないよ。あら、もう、お昼過ぎてるのかぁ。なんか食べに行く?」

「………」

私の不安は確信に変わる。忘れている。わざと忘れているのではなく、完全に忘れている。母はおかしい。さらに、身なりをきちんとする母が、外に食事に行くのに、口紅も引かず髪の毛も梳《と》かさないで、寝癖のまま外に出ようとする。

(誰か助けて……)私はトイレで泣いた。

数日後、神経内科の初診に行った。

父は、母の現状をまったく把握しておらず、おかしいことにさえ気づいていなかった。

というより、母に全然興味がないと言ったほうが近いかもしれない。

だが、もしも母が認知症だとしたら、こんな父でも、その協力は必須だ。一緒に住んでいるのは父だから。

だから、嫌でも母の通院には絶対に付き添いをしてほしいと懇願した。

はじめに私が医師と二人で話をさせてもらって、現在の状況を全てお伝えした。そして、医師は母を呼び、「どこも悪くない」という母と壁を作らないように、優しくさりげなく問診を行い、採血やら長谷川式という認知症テストやらいろいろ行った。後日、ＭＲＩの画像検査も行った。結果は、脳血管性の認知症だった。

私は、これから両親をどうするべきか……途方に暮れた。近い将来こんな日が来るだろうことは薄々分かってはいたが、いざ、こうなってみると、どうしたらいいか分からなかった。

私の生活が……今まで通りの自分自身の生活ができなくなることが怖かった。

そして、この時、幸か不幸か……私には子供がいなかった。だから、自分が時間の許すかぎり動いて、親を病院へ連れていったり、実家に食事を作りに行ったりと、自分が自由にできたけれど、子供がいたらそうもいかないだろう……とも思う。

たぶん、当然子供が優先だ。ぴーは、お留守番ができるが、赤ちゃんはお留守番ができないし、預けるにしても帰宅時間が不明だ。なぜなら、母の状況次第だから。介護の生活は、自分の自由が奪われることになることをまだ、この時の私は分かっていなかった。

もしかしたら、この時ならまだ、若いし妊娠もできたかもしれないのにな……。

神様、時が一度だけ戻れるなら、この時に戻りたいです。そして、こう自分に言ってあげたい。

親も大事だけど、あなたは娘として精一杯やってるよ。
でも、自分のこの先の人生を考えてみて。
親が全てではないでしょう。
親の呪縛からもう少し離れても、誰も文句は言わないよ。
それくらい、あなたは頑張ったよ。
だから、お願い。
自分のことをもっと大事にしてよ。
そんなに自分を痛めつけないで。
もう少し自分の体のことを考えてあげて。
時間を自分のために使って。

……そう、伝えたいです。

そして、自分の夢さえも遠のいていく、先の見えない介護の生活が、この先の私を待ち受けていた。

七　びーとの生活

週に幾日か仕事の帰りに実家に通い、母と一緒に買い物に行ったり病院へ連れていったりしながら、疲れて家に帰ると、元気なびーが出迎えてくれた。日に日にお転婆娘になっていくびーはボールで遊ぶことに喜びを覚え、夏は暗くなっても公園でボール遊びをした。見つけられなかったボールは、私が懐中電灯で草むらを照らしながら。びーは、自慢の鼻でクンクンしながら探した。朝の宝探しのお外版である。少しずつお友達もでき、ワンコ友達とも一緒になんとか歩けるようにもなった。

成長はしたが、まだまだ拾い食いは健在で、油断ならないお散歩は続いていた。

私にとって、びーのいる生活は、母を忘れさせてくれる時間だった。

本当は、そんな時でさえ心がざわついて、母はどうしているだろうかと心配で、体が二つあればいいのに、と思ってしまう。

自分で言うのもなんだが、一人でここまでよく頑張ったと思う。もちろん、夫の協力がなければできなかったが。

ぴーとの触れ合いが、リセットに繋がっていたから。疲れて大した夕飯を作れなくても、夫が美味しいと言って食べてくれたから。まだ、この時は、誰も私を否定する人がいなかったから。だから、めげずに頑張りが持続していた。

ワンコとの生活をしているといろいろなことが見えてくる。

お散歩の時に気づいたことと言えば、結構我が家の近所は、家の前にお花を植えたり飾ったりしている家が多いこと。とても綺麗に寄せ植えしていて参考にさせてもらったりしている。

夏には、どんどん蔓を伸ばした朝顔が一階から二階のベランダを伝い、屋根の上のテレビのアンテナまで届くのも時間の問題だなぁという家を見つけたり、こんな所にケーキ屋さんが！　という発見があったり。他にも手作りローストビーフがあるお肉屋さん、生春巻き屋さん、いなり寿司のお店、商店街のおでん屋さん、焼き鳥屋さん、パン屋さん等々。新しいお店を見つけると、夫も一緒にお散歩に参加をしているときは、びーと店の外で待っていてもらい私が店へ入って買ったりした。そんな偶然が招いた美味しいお店は、なんとなく嬉しい。

夏の日が陰ってからのお散歩は、蒸した空気がどこか懐かしさを漂わす。

川面を眺めながら、時折魚が跳ねるのを見る。

「びー、お魚が跳ねたの見れたから、いいことあるよ」

私はこの頃から勝手に、魚が跳ね上がる瞬間を目撃した時はいいことがあると自分で決めていた。

月日が流れ、母の介護をしながら仕事を続けていたある日、休憩時間に、同僚とびーの話をしていた。彼女は、びーを家族に迎え入れた翌日、びーのことを話した一番初めの人だ。その時は彼女もビックリしていたが、それからも写真を見せたり、動物が好きな彼女に話を聞いてもらったりしていた。

そこに他部署の上司がやってきた。その人はしばらく私たちの話を聞いていた。すると、私たちの会話を遮るように言った。

「アンタらさ〜、犬とか飼ってないでさ、もっと少子化解消に貢献しろよ！　まったくさぁ〜、うちの母ちゃんなんて五人も産んでんだぜ！　感謝しろよな」

この上司は奥さんのことを〝母ちゃん〟と呼ぶらしい。そんなことはさておき、私たちは無言になった。犬を飼っていたのは私なのだが、私は、返答するべき言葉を完全に見失っていた。

（え？　これって、すみませんでしたって謝るべきなの？？？　なんか、ものすごく侮辱されてるような感じなんだけど……）とどぎまぎしていると、同僚が、

「五人もなんて、今の時代、きちんと計画的に五人予定されていたんですか？　もし無計画に授かってしまったのなら、さぞ奥さんが大変だったでしょうね。ちゃんと奥さんに協力しないと罰が当たりますよ！　行こう！」

そう冷静に言って、上司を振り返らずに私の腕を掴んで、その場を離れた。

「なんて酷いこと言うのよ。あんなこと言われたの初めてだよ。聞いたのも初めてだけど」

彼女は、怒り心頭に発した。

「いや、言われたのは私だよぅ。でもさ、犬飼っているだけで、あんな目で見られる

の？　えっ、何？　子供の人数が多いと偉い、感謝しろって発想する人がいるの？」

それもまた驚きである。五十代の……女性を部下に持つ男性上司が、そんなこと言ってはダメでしょう。今現在の世の中なら誰しもがそう答えるだろう。

まだ、〇〇ハラスメントという言葉もなかった時代、男性にこのような暴言を投げかけられた女性は結構多かったと思う。高齢化・少子化、高齢化・少子化と繰り返しテレビで伝えられる中、結婚はしたけれどもなかなか子供に恵まれず、いざ不妊治療をしようとしても助成制度にいろんな制限もあり、あまり拡充されていないし、治療は高額でなかなか踏み込めないというご夫婦もいただろう。

また、

「私は、腰掛けで就職したのではない！」

と無我夢中で寝る間も惜しんで、仕事を頑張っていた女性もたくさんいただろう。

他部署の上司の言い放った言葉は、そんな女性全員を侮辱する言葉だと私は思う。

ある時、友人が二匹のワンコをお散歩させて商店街を歩いていたら、青果店の兄さんが突然友人に向かって、

「犬、二匹も飼ってんじゃねえよ。子供産めよ子供！」

と言ってきたそうだ。まったく知らない人なのに。友人に酷いことを言ったその青果店には私も二度と買い物には行っていないが、相手の事情も何も知らないくせに暴言を吐く人が、まだこの頃には多くいたようにも思う。

それでも、強く逞しくみんな前を向いて生きてきたから今がある。私もその一人で守るべきシッポ娘がいたから、あんな暴言を言われても頑張れたと思う。

八　苦行

母は、少しずつ掃除などができなくなっていった。さすがに午前中から実家には行けないので、ヘルパーさんを探そうと思った矢先、母が胃潰瘍の時にお世話になった大宮さんから電話があった。

「お母さんにね、レバーの赤ワイン煮を作って持っていったのよ、今日。貧血気味だって言うからさ。でね、食べたって言ってたけど、冷蔵庫にしまおうと思って開けたらさ、私が先週作って持ってきたレバーがそのまま冷蔵庫に入ってるのよ！　ミノちゃん、冷蔵庫開けてチェックしてる？」

ああ、しまった。あの袋か〜と私は心の中で舌打ちした。帰りの電車の時間が迫っていたから、冷蔵庫整理はこの次に回そうと思って帰ってきてしまったのだ。

「わざわざありがとうございます。冷蔵庫はあまり開けていると母が怒るから、機嫌の良い日に整理していますので……」

私の答えに大宮さんは、

「せっかく作って持っていったのに、食べてないなんてね〜。うちも食べるからさぁ、ついでにお母さんも食べるかなと思って多めに作ったのよ。でも、食べてないなんてね〜」

ああ。でも、実は母は、鶏肉が大嫌いなのである。しかもレバーは、最も苦手なのだ。母を思って作ってきてくれたことには感謝の気持ちでいっぱいではあるものの、前から感じていたのだが、少々恩着せがましいところが玉に瑕なのだ、大宮さん。

「でね、ミノちゃんはお母さんたちと同居とかさぁ、こっちで部屋探して近くに住むとかしないの？　うちの子供たちは、絶対私たちの近くに住まわせてるわよ。お母さんの面倒見ながら仕事して、行ったり来たりじゃ大変でしょっ」

「同居はないです。まだ、この家のローンもありますし、頭金も少しお義母さんに出していただいているので、しっかりそっちも返済しないといけないので。ぴーもいるし、こちらで暮らしながら介護するつもりです」

「えっ？　義理のお母さんに頭金返済してるの？　くれたんじゃないの？」

「いいえ、借りました。お義母さんはそういう人なので。お金は、あげるものではなくて、貸し借りなんです」

「ええ～？　普通ねえ、子供がマンション買うって言ったらさ～、頭金くらい少し出してあげるものでしょう」

「そういう家もあるんですっ（まったくうるさいなぁ！）」

「でもさ、ミノちゃんのお母さんたちにも頭金出してもらってるでしょう。別にさ、お金借りてるからって、お義母さんに遠慮することないじゃない。その家、売ったって」

「はぁ？　売りませんって、おばさん。それに、実家には一円も世話になっていませんから」

「えっ？　出してもらってないの？　なんで？　うちは、近くに住む代わりに、頭金出してあげてるわよ」

ああ、要は、長男夫婦に近くに住んでもらうために、頭金援助してマンション買ってあげてるんだ……。うちとは違う。

「ええ～何、じゃあ頭金少ないなら毎月ローンの返済かなり高いでしょう。東京になんて住むからよ」

「そんなこともないですよ（誰が頭金少ないって言ったのよ？）」

人のことを根掘り葉掘り聞きたがる人はいるが、今は小バエ以上にうるさい。

この世には、どうしてか自分の物差しで人の生き方を決めつける人がいる。

幾人かそのような人に出会ったことがあるが、大宮さんは、その中でもナンバーワンに近い。幼い頃からお世話になっているから、余計私のことで知らないことがあることが、不快のようだった。

「へぇ～頭金出してもらってないんだぁ。そう」

「他に何か用があったのでは？　おばさん」

「そうそう、レバーもそうなんだけどね、ほら、お母さん最近掃除もできなくなって、タバコばっかり吸ってるじゃない。私も暇じゃないから、掃除まではしてあげられないのよ。タバコ臭いしね～。手で煙を振り払っても吸ってるのよね、お母さん」

「確かにタバコは、本数も増えてしまって。空気清浄機を持っていったんですけど、電気代がかかるって、コンセント抜いちゃうんですよ。すみません、臭くって。部屋は、私が行った時に掃除機をかけてるんですが。汚くてすみません」

母は昔からタバコを吸っていたのだが、ここ最近は、家事をあまりしない代わりに一日二箱くらい吸う勢いで、暇さえあればプカプカと紫煙を燻《くゆ》らす。

すると、空気清浄機が嫌みのように「強」になって大きな音を立てて仕事をする。おそらく母は、自分で本数が多いことを分かってタバコを吸っているようなので、束縛されているように感じて、その空気清浄機に腹を立ててるのだと思う。

空気清浄機をどんなに手が届きにくいところのコンセントに接続しても、次回行った時には、取り外されている。その根性がすごかった。

掃除も、私がまだ家にいた頃は綺麗好きもここまで来ると掃除オタクだよねっ、というくらい毎日毎日親子三人しかいない全部屋の埃を叩き掃除機をかけ、玄関のたたきを拭き、トイレを磨き、鏡を磨き、窓を拭き……と朝から動き回っていたのだが、今は、食事をしたお皿を洗うだけになった。

　大宮さんは続けて、

「でね、掃除とか全然行き届いてないし、不潔が一番体にもよくないからさぁ。私の友達で、なんでも手伝ってくれるお手伝いを仕事にしてる人がいるのよ。そこにお願いしてみない？　犬の散歩とか買い物とかもやってくれるのよ」

　確かに私も、母の様子を見ると最近は、家に籠もってばかりで人に会わないから会話も少ないし、どんどん悪くなっているようなので、私が行けなかったりする時に、お掃除や買い物をお願いできると私も助かるなぁと思い、

「父にも相談して前向きに検討してみますね」

　と言った。

「お父さんなんて何もしないでしょう。ミノちゃんが決めちゃえばいいじゃない」

　大宮さんは言ったが、私も私が契約したほうが、話が早いと思うけれど、それでは、父が……同居している父が、まったく母の責任を負わないことになる。夫婦なのだから。これからはお互いを想って考えないといけないのではないかと思った。

「いいえ、父に相談して、父に契約してもらいます。そうじゃないと意味がないと思

うので。おばさん、気にかけてくださってありがとうございます」

結局は、早い話「部屋が汚いけど、自分が掃除するのも嫌だし、娘も同居できないのなら、人を頼んで掃除してもらって」ということなのだろう。

ところどころ、むかっ腹を立てたが、人を頼むところを探す手間が省けたことで、結果オーライでいいだろう。

父に相談すると、他人が部屋に入って掃除をすることに、自分は何の不足もないとのこと。早速、実家に来てもらって契約をしてもらうことにした。私は仕事で行けなかったが、父がいるから大丈夫だろうと思った。母も父の言うことならなぜか素直に聞くようになっていた。だから、反対もしないだろうと思った。

私が、事前に電話で「お手伝い　スマイル」の担当者さんと打ち合わせをして、母の様子を見ながら話しかけて、部屋の掃除を一緒にしたり、洗濯をしたり、買い物に行ったりしてほしい。あくまでも母をメインでサポートをお願いしたいと話を通していた。

ところが、スマイルさんから携帯に電話がかかってきた。

「お父様から、僕のために働いてほしい。ポストの新聞を取ったり、シーツを洗ったり、サラダを作ったり、牛乳を買ってきたりしてくれってお願いされまして……」

「はあ？　何それ。ダメです。それはダメです。あくまでも御社へお願いするのは、母の様子を見守ることですから。折り返し電話します」

私は、父に電話をして猛抗議をした。父は何もふざけているつもりもなく、至って真面目だった。

私は冷静を装って、父のことをメインにお手伝いをお願いするのではなくて、母の手足になってお手伝いしてもらうことが、結果的に父のプラスにもなるでしょう、と一生懸命説明をして了解を得た。

「僕のためじゃないなら、お金を支払わない」

と言い出したから、もう必死だった。その時、心底思った。

(なんなんだ、このオヤジは！　お金云々じゃなくて、自分の奥さんの病気を何とかしようって思わないの？)

改めてスマイルさんには契約の内容を変えてもらい、週三回二時間。お手伝いに来てもらえるようになった。

家族以外の人と話すことで、少しは違う風が母に吹いて、向く方向が変わるかもしれないと少し希望も乗せた契約だった。

母は、私が戸籍上の父親の存在を知ってしまってから、

「アンタは変わった。結婚したら変わっちゃったよ。昔はなんでも言うことを聞くイイコだったのに」

と、何かと私とうまくいかないことがあると、そう罵るようになった。

それが、理性のある時は、感情をコントロールしていたのだろうけれど、認知症を発症してからは、だんだん理性で押さえていたものがなくなり、私を敵視することが多くなった。

認知症の治療は家から五百メートルほどのところにある近所のクリニックに転院したが、四回目くらいからだっただろうか。病院に行くことを嫌がり、今までは、病院の帰りにあの洋食屋さんでランチを食べて帰ろうとか、お寿司食べて帰ろうとか楽しいことを話して家から連れ出せたのだが、だんだんとそれも嫌がり、通用しなくなっていった。

四回目には、父にも協力を仰ぎ一緒に通院の同行をお願いしたが、五百メートルほどの距離を父は、「タクシーで行く」という選択をした。家の目の前にあるタクシー

乗り場に颯爽と小走りで行き、タクシーを待たせている。確かにタクシーに乗り込めば病院の前には着くけれど、乗車して次の一つ目の信号で降りるというのは、ちょっと恥ずかしい。

「何してんだ！　早く来い！」

タクシーの空いた扉に手をかけ、そう怒鳴る父に、母が動揺し始めた。

「なんなんだよ。アタシはどこにも行かないよ。また、あの藪医者のところへ連れていくんだろう」

と急に母は、私に怒鳴りはじめ、ちょうど派出所の前で寝っ転がり、

「人殺し！　この女に殺される！　人殺し！」

と喚いた。もちろん、派出所から警官が出てきた。父は相変わらず、

「何やってんだ！　早く来い！　予約時間過ぎちゃうだろう」

と大声で言う。私は、泣きたくなった。家族バラバラだ。〝何やってんだって、アンタが何してんだぁ！〟と父に言いたかった。近寄ってきた警官が、

「おばあちゃん、どうしたの？」と声をかけたが、私はすぐに、「母です」と訂正した。

お婆ちゃんって言われることには慣れているけれど、その日は、服装もあまり綺麗

ではなかったし、口紅も引かせてもらえなかったから、見るからに老婆だった。綺麗にしてあげられなかった自分に言い訳するように、

「母は、認知症なんです。あそこのクリニックに行く日なのですが、今日は、すごく嫌がっちゃって」

と理由を話した。

「あのタクシー乗り場にいるのはお父さん？　何してるの？　あそこで」

「母をタクシーに乗せようとしてるみたいです。クリニックまで」

「ええ〜。だって、あそこに看板見えてるじゃない。信号一つだよぅ。ちょっと、お父さん、こっちを手伝ってあげてくださいよ。娘さん困ってるでしょう」

もう一人の警官に母は、抱きかかえられるように立たせてもらい、父に話しかけた警官は、タクシー乗り場にいる父の方に歩み寄っていった。

すると父は、驚くべき行動を取った。自分が、タクシーに乗っていってしまったのである。母と私を置いて。そして、五百メートル先のクリニックで停車した。

「あれぇ！　お父さんが、乗っていっちゃったよ」

警官はそう言って、

「お母さんは、どうする？　歩いていく？」

警官は、母に普通に話しかけた。

「いいよぅ、もう。ほっといてよ」

母は警官の手を振り払って大声で言い、クリニックのほうへ歩き始めた。周囲の人目も気になったのだろうか、「見世物じゃないよ！」と怒鳴りながら……。

私は、警官に小声で、

「ご迷惑をおかけしました。すみません」

そう謝って母の後を追いかけた。

さっき寝転んだので背中が汚れていたから、背中を手で払ったら、鬼の形相で、

「何すんだよ！」

と手を払いのけられた。もう普通の母は、そこにはいなかった。

クリニックに着くと何も手続きもせず、父が待合室にただ座っていた。

「役立たず」

私は、小さく呟いた。

医師にさっきの事情と病院を嫌がることを話すと母は、

「そんなことしてない。この子は嘘つきだ」

やっぱり怒鳴る。

「今日は随分と虫の居所が悪いね」

と医師が言うと、何もしてない父が横から口を挟んだ。あたかも自分も一生懸命やったような口ぶりで。

「そうなんですよ。道ばたに横になっちゃうしね、もう、バカなんですよ。バカ」

この一言に、医師も私もビックリした。悲しい感情を通り越して、怒りが湧き上がった。

「お父さん！　これはねぇ、バカじゃないんですよ。バカとは違うんですよ、これは。奥さんは病気なんです。あなたの奥さんでしょう。一緒に住んでるんでしょう。娘さんにばっかり甘えてないで、あなたが奥さんをしっかり看なきゃダメじゃないですか。来月もお父さん！　あなたがしっかり奥さんを連れてきてくださいね」

医師は、私が言ってほしかったことを父に言ってくれた。あの時私は、どんなに嬉しかったことだろう。

父は小声で、「はい」と言い放って、自分が先頭で診察室を出ていった。

「娘さん、あなた、あまり頑張りすぎないでね。仕事もしてるんでしょう。頼れるところは誰かに頼って。ねっ。薬はしっかり出すから、同居人のお父さんがしっかり連れてきてくれれば、大丈夫だから」

ああ、良かった。正直、本当にそう思った。いくら親でも、今日は、かなり私のメンタルはズタボロで、ちょっともう、さすがに母のそばを離れたかった。なのに、家に連れ帰ってくれる予定の父が、

「なんだ、あの藪医者。はい、これで支払え」

と、私に二万円を渡し、さっさとクリニックを後にした。それを追って外に出てしまう母。

父に、母も一緒に家に連れて帰るように後ろから言うと、

「これから僕は出かけるんだよ！　急いでるんだ」

と言った。でも、後ろから母が付いてくるのを見ると、なんだかんだと母に話しかけていたから家に連れていってくれるだろうと、私はそのままクリニックに戻り、会計をした。

近くの薬局でお薬をもらうと、結局、クリニックの診察代とお薬代の合計は、父の

出してくれた二万円では足りなかった。

九　ぴーとピーちゃん先輩

スマイルさんが来てくれるようになって実家の部屋も綺麗になり、私の気持ちも大分楽になった。

本当は、デイサービスに通ったほうがいいのだが、母が家を出る時と帰宅する時に家の者が見送り、出迎えなくてはいけないとのことで、父に相談すると、分かってはいたが、「できない」とあっさり断られた。

それと、もう一つ。デイサービスは禁煙なのだそうで、まだかなりタバコを吸っていた母には無理だった。

ケアマネージャーさんに禁煙を促されたのだが、

「タバコを吸えなくなるなら、死んだも同然だ。死んだら吸えないんだから、今、存分に吸わせてほしい。アタシの命なんだから、勝手にさせてよ」

そう言った。たばこ屋にカートンのタバコを買いに行くことだけは、皮肉にも、母ができた唯一の買い物だったので、禁煙をこれ以上勧めるのは諦めた。

びーを初めて実家に連れていった。母は犬が大好きだったから。しかし、びーのおトイレトレーニングが四歳になってもなかなか完璧にはいかず、実家に連れていくことを躊躇させた（家ではできるのだが、外出先でできなくなってしまうのだ）。

でも、犬を見れば一緒に外を歩きたいとか、びーの好きなイチゴを買うとか何かアクションが起こるかもしれないと思って、レンタカーを借りてびーを乗せて実家へ行った。

母は、びーを見て手を叩いて大層喜び、びーも初めて入るお家と私と同じような匂いのするお婆ちゃんに、ワクワクしてワオ～ンと雄叫びを上げて家中駆け巡った。

そして、びーを連れていくたびに、母は買い物をするようになった。びーが食べるからと、キュウリやトマトやイチゴやリンゴ。たまに、びーは犬なのだけれど、人間の子供や孫と同等の感覚になってしまうのだろうか。フィナンシェやクッキーなども買っていた。

片足でも力強く立って元気にピ〜ピ〜歌っていたピーちゃん

包丁でリンゴの皮を剝いていた時は、少し泣けた。

もう、包丁を使うなんてできないと思っていたから。

娘では、母をここまで、生き生きとさせることはできないが、孫（犬だが）の立場の力ってすごいなと改めて思った。

テレビで年末やお盆休みの帰省の時に、世の中のお祖父《じい》ちゃんお祖母《ばあ》ちゃんのインタビューで、孫が来るのが楽しみだってお話ししているのをよく観るけど、母のぴーに対しての思いが、それに近かったと思う。

侮るなかれ、孫パワー（犬だけど）。

ある時、びーが、おトイレのために外に行くので、一緒に外を散歩しないかと誘うと、母は「行くわ」と一緒に外に出たのである。三十分ほどみんなでゆっくり外を散歩したことは、本当に奇跡だった。

びーは、母の心を癒やし、人間らしさを取り戻してくれる母専用のセラピードッグになった。

何回目かの訪問で、びーは初めて実家のインコのピーちゃんと対面した。それまでは、別室にピーちゃんを隠していた。

ピーちゃんは、私が結婚前に、運転していた車のフロントガラスに落ちてきたのを保護したセキセイインコ。

母と動物病院に連れていくと、落ちて足が曲がったのではなく、生まれた時から左足が奇形で、右足でしか立てないインコだろうとのこと。獣医さんは、さりげなく言った。

「あなたがこのコを手放したら、このコは生きていけないでしょうね」

そんなこと言われたら、飼わなければいけない……となるだろう。母とその足でホームセンターへ行き、鳥かごや餌などを買ってその日からインコとの生活が始まった。

びーは、インコのピーちゃんとは仲良くなれた。

実はびーは、あまり異種のお友達を作るのが得意ではないのだけれど、クンクンとピーちゃんの匂いを嗅いで、吠えずに寄り添うように鳥かごのそばにいる。

家族と同じ匂いがしたのだろうか。実家を訪問する時は必ず、

「ピーちゃん先輩、こんにちは」

という感じで、無言で鳥かごに優しく寄り添った。ピーちゃんは、困っていたかもしれないけれど。一羽と一匹は、母に人らしくいる力を与えてくれた。ありがとう。

十　見えない棘

スマイルさんには週三回来てもらっていて、そのうちの二回は山本さん、一回は田中さんの担当だった。お二人とも五十代半ばほどの女性で、さすが主婦の先輩。ベテランのテキパキとした家事さばきはプロの域だった。

しかし、ある日のスマイルさんとの連絡ノートに、少し引っかかることが書かれていた。

「インコのアレルギーなのに、インコの世話は大変です」

山本さんが、そう書いているではないか。

アレルギー持ちなのに、担当で来てもらってはダメなんじゃないの？　発作とか出たら、大変なんじゃないの？　結構、長く来てくださっているのになぜ、いまさらのカミングアウトなの？　といろいろと不思議だった。

私は、山本さんのアレルギーが悪化してしまうといけないので、スマイルさんの担当ケアマネージャーさんにとりあえず相談した。

すると、アレルギーを持っているとは聞いていないとのことで、すぐに対応すると言ってくれた。

しばらく経っても山本さんは通い続けているようで、大丈夫なのか心配ではあったが、会社が判断することだから、それ以上は何も言わなかった。

その頃、我が家に問題が起こった。

夫が、「クソ！　死ね！」など汚い言葉を発しながら寝言を言うようになったのだ。隣で寝ている私の背中を足で蹴ってくるし、とにかく、寝言と寝相が凄まじい。

今までこんなことは一度もなかったから、絶対に何かあったのだ。それは、私の盲点だった。夫は、元気でいてくれるものだと当然のように思っていた。

夫も、私が母を介護しながら仕事をし、毎日ぴーのお散歩や家事もしているから、自分のことで負担をかけたくなかったのだろう。

寝言や寝相のことを尋ねたら驚いた様子だった。そして、夫は重い口を開き、こう言った。

「会社辞めてもいいかな」

よほどのことがあったのだろう。夫は学生の頃からサッカーをしていて、さほど強い選手ではなかったようだが、それなりに昭和時代のスポーツ根性、耐えて頑張る忍耐力は備えていた。その夫が、会社を辞めたいなんて。このままでは、精神が崩壊してしまうのではないかと思った。理由を訊くと、いろいろと会社にこの先の、将来の望みがないことが分かった。

「いいよ。少しは蓄えもあるし、今、急に実家にお金を使うこともないし、お義父さんも特養（特別養護老人ホーム）に入って安定してるし、お義母さんも元気だし大丈夫！　仕事探している間は大丈夫だよ」

夫は、「ごめん、ごめん。本当にごめん」そう言って、次にやりたいことを探し始めていた。

もう辞めるんだと決めてから、夫の暴言の寝言や激しい寝相はピタリと止まった。そして、その後夫は、一部上場の企業を退職し、トレーラーのドライバーに転身するのである。

転職した夫は、それはもう、楽しそうだった。車にさほど興味のない私には、到底理解できないのだけれど、トレーラーを選択した理由を訊くと「より大きい車を運転したかった」のだそうだ。まるで、少年のようだが。

転職には、さまざまな考えがあると思う。もちろん本人を取り巻く環境を一番に考えるべきところだとも思う。収入に変化が起こるのも大切な問題だ。

私は以前から、「仕事」というのは、本人が働くのだから「家族」という単体を無理強いしたくはない、という考えだった。

夫とは、十代の時からの付き合いだったので、企業や職種で惹かれたわけではない。

自分がやりがいのあることを仕事にすることが、本人の送る人生に光が差すものだと考えていた。幸い私も働いていたし、同居家族もシッポ娘びーだけだから、転職には賛成した。

でも、この時まだ、私は知らなかった。仲良くしていた女友達でも、仲が良いことと心の中が同じということは、決してイコールではないということを。

ある日、友人三人で夕食を食べていて、私は、夫の転職の話をしてしまった。三人とも結婚をしていて、同年代だったので気を許してしまった。全ては私の誤算だ。

結論から言えば、「夫の転職には、断固反対するべし」と友人たちは言った。本人が、たとえ会社が辛かろうとも、転職には反対するというのだ。せっかく入社した上場企業との縁が切れるじゃないかと。私が甘すぎるとも。

私とはまったく考えが正反対だったのだ。これには驚いた。服や食べ物など当たり障りのない話では、楽しく話も合ったのに、家族や仕事に対しての深い話は、まったく意見が違ったのだ。

「旦那の体より、世間体が大事に決まってるじゃない。これに勝るものはないよ。結婚なんてさ、会社のネームバリューと結婚したも同然だよ。それを手放すなんてあり得ないよ」

「あのさ、亭主元気で留守がいいって言うじゃない」

そんな思考を持つ友人は、私に、バブル時代のコマーシャルを彷彿とさせた。

そのことが、悪いわけではないのかもしれない。ただ、私には、そのような考え方が不条理だった。友人にひどく罵られ人格を否定され、言葉が鋭い針のように胸に突き刺さった。

それ以降その友人とは、なんとなく疎遠になった。

何事も勉強である。三十代以降になってからできる友人は、気をつけなければならない。若い頃のように勢いで友人になるのではなく、友人は少なくてもいいから、表裏のない人を見極め、出会えることなら深層心理が似ている人を友として交流しなければ、自分にとっても相手にとっても大きなストレスになる。そんな状況は、回避するに越したことはない。


家のことで少しバタバタしていて、お金も少し稼いでおかないといけないので、短縮してもらっていたパートの仕事の時間も契約通りの時間に戻してもらっていた。そのため、平日に実家に出向く時間が、あまり取れなかった。

その頃には、母もスマイルさんに大分慣れて、いい感じに見えた。だから、今のうちに自分たちが自由になれる時間に蓄えを作っておこうと副業をしてお金を作った。

介護は、お金がかかる。病気もお金がかかる。お金は、ないよりはあったほうがいい。単純だが、これは、綺麗事でもなんでもなく、私が身をもって体験した事実だ。そして、お金はいろんな選択をするときの広がりに繋がることは確かだった。

ぴーも、まだ若いが、人間より早く年を重ねてしまう。嫌だけど、将来何か病気になってしまったとき、治療費を考えながら命の選択をするのは、私たちの本意ではない。そんなことも考えての副業だった。

そんなある夜、私の携帯に電話が入った。スマイルさんの山本さんだ。何か母に問題が発生したときのために、私の携帯電話を教えていた。

「もしもし、山本さん。こんばんは。どうされました?　母に何かありましたか?」

すると、山本さんは堰を切ったように話し始めた。

「なんで私が、インコのアレルギーだなんて会社に言うのよ。ミノさんが余計なことを言うから、会社にアレルギーなのか問い詰められたじゃない!　そもそも、あんなインコ、早く死んじゃえばいいのに。片足が上がってて気持ち悪い。せっかく部屋を綺麗にしたかと思えば、カゴの中でバタバタするから羽毛が飛び散って汚れるじゃない。ベランダの鳩の糞もどうにかしてよ！　ネット張ったって、手摺りに止まってるじゃない。毎回毎回鳩の糞の掃除までしてられないわよ。病気になったらミノさんのせいだから」

私は絶句していた。何を言っているのだろう？　この人？　何、何？　なんでピーちゃんが死ねばいいなんて言うの？　何、鳩の糞って？

「あの、インコはアレルギーじゃないんですか？　山本さんが連絡ノートに書いたでしょう？」

「あれは、ああ書けばインコをミノさんがそっちの家に持って帰ってくれるかと思ったのよ。そしたら、会社に話すなんて！　私が嘘をついたって思われるじゃない」

「ピーちゃんは、母が大切にしています。私が持って帰ることはしません。鳩の糞は、ベランダのネットだけでは対応しきれてないってことですね。すみません。それは、週末に行って、手摺りにプラスチックの剣山マットを並べます」

「違うわよ！　それは付いてるわよ。ネットが、手摺りの外側じゃなくて内側に付いてるのよ。外側に付けなきゃ意味ないでしょう」

「えっ？　そうなんですか？　マンションの管理会社の提案で、鳩対策の一括購入で取り付けてもらったんですが。週末に外側に付け替えますので」

電話の向こうで山本さんは、ため息をついていた。

「あのね、ミノさん。週末に週末にって言ってるけどね、あなたの親なのよ。なんで他人に世話させてるのよ。あなたの母親でしょう。毎日世話するのが当然じゃない。お父さんにお金出させて、他人に親の世話をさせるなんて、娘のやることじゃないわよ」

とどのつまり、これが言いたかったのだろう。

「自分の親なんだから、自分で世話をしろ」

介護をする側が、一番後ろめたくて、一番心苦しく思うところ、それは、他人《ひと》にお願いすること。

（そんなこと、あなたに言われなくても百も承知なのよ、私は。でも、介護って親子でも限界ってあるものなのよ。親子だからできないこともある。母と私の親子関係を……父と私の親子関係を……あなたはどれだけ知っているのよ。何も知らないくせに！）

……そう言いたかったけど、言葉にしたら、これまで必死に耐えてきたものが、涙と一緒に溢れてきてしまいそうだった。だから、ただ一言。

「ちょっと、考えさせててください」

とだけ言った。山本さんは、

「また、これも会社に言うの！　そんなことしないでよ。こっちだってねぇ、生活があるんだから」

「そのお金を支払っているのは、私たちです。考えさせててください」

私は、悔しかった。悔しくて悔しくてたまらなかった。

この時からだったと思う。人に言われて悔しい、後ろめたいと思うのは、自分が一番、世間体に囚われているから。

世間は、手伝ってくれないし、お金も出してくれない。

だから、世間がどう思おうとも、絶対に自分が後悔しない選択をしようと決めた。

今のこの二〇二〇年なら、ヘルパーさんに介護をお願いして、家族の負担を和らげることは普通に常識となっているが、二〇〇九年頃は、まだ、そんな考えの人もいたのだ。

「後悔しない」。この言葉をいつもいつも頭の片隅に置いていていろいろな選択をすると、決断も案外すんなりといくことも多かった。

ピーちゃんを「死ねばいいのに」と言ったことは、やはり一番許せなかったので、ケアマネージャーさんにお話しした。

スタッフが会社を通さずに、直接ご家族にクレームを言うことは禁じられていると言っていたが、一通り話をしたら、ケアマネージャーさんは驚きを禁じ得ない様子だった。

山本さんの対応についてはしばらくの猶予がほしいとのことだったが、偶然にも、母の昔の友人赤石さんがスタッフにいて、赤石さんも母のことを聞いて母の担当になることを希望して、早速来てくださることになった。母は、赤石さんを懐かしく思い出し、認知症はゆっくりと進んでいたけれど、平穏に暮らす日々が続いた。本当に赤石さんにはありがたく、感謝の言葉がみつかりません。

しばらくして、風の噂で、山本さんは自分の母親の介護のため郷里の新潟に帰ったと耳にした。

十一　裏切り

二〇一一年二月。一通の封書が速達で届いた。

中身は、差出人がなく一枚の紙に母の居場所が書いてあった。

父は、二〇一〇年の年末前に勝手にスマイルさんを解約していた。

私は差出人のない手紙に書いてある病院へ一人で向かった。

その病院は、午後の診察時間なのに誰も患者さんがおらず、受付も薄暗かった。恐る恐る受付の窓ガラスの窓を叩いて中の事務の人を呼んだ。

「ここに母はいますか？」

そう言うと、中から別の男性が出てきた。

「失礼ですが、あなたはどちら様ですか？」

その目も声も、不信感を持った目や声だった。

「娘です」

そう言うと、男性は驚いた顔で、

「娘さんいたの?」

と言った。

母は、この病院の三階に入院している、とその人は言った。

部屋の前まで行って、まだ半信半疑で個室のドアをノックすると、

「はい」

と懐かしい母の声がした。

そこには、半年ぶりの母がやつれて寝ていた。

溢れ出てくる涙を堪えきれず、

「なんでこんな所にいるの?」

と言い、母の手を握って、ひたすら「ごめん、ごめん」と謝った。

少し時を戻すと、半年前の初夏。実家で私は、父と大喧嘩をした。一緒にいたびーが震えるほどに私は怒った。

マンションのオーナーを生業としていた父が、会社勤めでもないのに、毎日朝から晩まで仕事だと言って家にいないのだ。「七十六歳にもなる老人が、毎日何をしてい

るんだ?」と訊いても話そうとしない。

少し認知症も進み、あまり家事ができなくなってしまった母だから、誰かと一緒に食事をしないと、食事を取ることを忘れてしまう。だから、父に、朝と夜だけでも食事を一緒にしてほしいとお願いして、スマイルさんとは別のヘルパーさんに食事の支度をお願いしたり、配膳の宅食を頼んでみたりしたのに、勝手に全部断ってしまったのだ。毎日私が作りに行くわけにもいかず、ケアマネージャーさんも父にはほとほと困っていたのだ。

母が認知症を発症して四年も経つのに、父は、母を看ない。自分はいつもと変わらない生活をし続ける。

マンションの一階にあるドラッグストアで、お金の出し方が分からずシャンプーも買えなくなってしまっている自分の妻に、平気で「シャンプー買ってきて」と言うのだ。

挙げ句の果てには、私の会社に電話をしてきて「マンションの下のコンビニで茹でうどん買ってきて」と言う始末。

「まだ仕事中だし、自分で買いに行けば良いでしょう。真下なんだから」と言うと、

「どの棚にあるか分からない。今日の日給と交通費は僕が払うから。今すぐ買ってきて」

そんなバカな話ってあるものか、と親ながら情けなくなった。もちろん断ったが。

それだけではない。父は、母を一人家に置いて平気で旅行へ行ってしまう。さすがに堪忍袋の緒が切れてしまった私は、爆発してしまったというわけだ。

私が父に怒ると、悲しいことに母が、父を守るのだ。

「父親に向かってなんて口をきくんだ。この親不孝者」と。

そして、私はついに、

「もう面倒見ないから！　勝手にやってよ！」

と、夫とぴーを置いて実家を飛び出してしまったのである。

公園のベンチで泣いていると、夫とぴーがそっと来て、

「お家に帰ろう」

そう言ってくれた。車の中で夫も、

「しばらくさ、スマイルさんに任せて、何もしないでおこうよ。子供に甘えてるんだよ。こっちが、何もしなければ、困るのはお父さんなんだから。病院とかさ。きっと

困って助けを求めてくるから」

　私も同感だった。ケアマネージャーさんには全て事情を話して理解をしてもらい、娘の協力が得られない対応策を考えてもらった。

　それから半年。好転するどころか最悪な状況になってしまっていたのだ。

　まずは、ケアマネージャーさんに電話をして母の入院している病院を伝えた。

「ええ！　ホントに？　大変！　ミノさん。早くその病院からお母さんを助けないと」

「なぜですか？」

「その病院、姥捨《うばす》て山《やま》って言われている病院なのよ！　誰がそんな病院に入れたの？」

「分かりません。速達で私に手紙をくれたのは、スマイルさんではないのですか？」

「違うわ。分かっていたら、こんなことにはなっていないわよ」

「その手紙に、この場所が書かれていたんですけど」

「ミノさん。私も今、その病院へ行くから待っていて。今後の話をしましょう」

「分かりました」

　私は、父の携帯に電話した。電話に出ないから、何度も何度もかけた。やっと出た父に、どういうことかと問いただした。すると父は言った。

「お母さんは、僕の面倒を見られなくなったから、もういらない」

どうしようもない父だけど、どうしようもないバカな父だ、と分かってはいたけれど、言葉も出ないくらい悔しくて憎らしかった。自分の妻をいらないって……排除してしまうなんて。あり得ない。普通は、あり得ないことだ。ゲームじゃないんだから。

私は、こんな人と血が繋がっていることが汚《けが》らわしいとも思った。怒りで震える声を、ゲンコツを握って押し殺しながら冷静を装い、

「誰がこの病院に入れたの？」

と優しく聞いた。

父は、マンションの一階の小料理屋のママが入れたと言った。

その小料理屋は、母も元気な頃、足繁く通っていた。あのアヤ子先生とも。

母が認知症になり始めてしまった頃、母が店に入ることを拒まれたことがあり、母は、なぜだか分からず泣いていたことがあった。

私が母を連れていった時も拒まれ、どうしてなのか尋ねに行くと「タバコを吸うから」と体よく断られた。店の中では、他にもタバコを吸っていたお客がいたのに。

結局は、元気な時に、どんなに常連客で贔屓にしていても、認知症でちょっと同じ

ことを何回も言うような人になってしまったお客は、店もボランティアじゃないのだから、店のお客には相応しくないということなのだろう。気持ちは分からないでもないが、もう少し相手を傷つけない断り方があるのではないか。

そんな因縁のあるママで、私は嫌いだった。でも、どうしてこの病院に入れたのか、経緯を知らないといけないので電話をした。

すると、ママは、私の電話にとても驚いていた。そして、父が困っていたから、この病院を紹介したのだという。病院の院長が常連客だからと。そして、無理を言って入院させてもらったんだとも。

「父とも親しかったのであれば、ケアマネージャーさんのこともご存じでしょう。どうして父に一言、ケアマネージャーさんに相談してみればって言ってくださらなかったのですか?」

「え～ケアマネさんいたのぉ？　全然知らなかったわ」

「当たり前じゃないですか。六年も認知症なんですよ。ケアマネージャーさんがいなければ、介護保険とか介護のヘルプとかお願いできないじゃないですか」

私は、大人げなく声を荒げた。

（父も含めて、この人たち変だよ。おかしいよ。一人の人間を簡単に入院させて、いなかったことにするなんて。変だよ）

「そうそう、お母さんのベッドにね、うちのね、羽毛のクッションを置いてきてるのよ。返して、とかそう言う意味じゃないのよ、全然。全然いらないのよ」

そうか。この人は、人の母親を勝手に入院させて、ベッドに羽毛クッションを置いてきてるから、それを返せと言っているのか。

「馬鹿にするな！」と怒鳴ってやりたいけれど、半年も母を無視してしまったことへの後悔と自己嫌悪で、そんな気力も失せてしまった。あんなに後悔しないようにと思っていたのに。

そしてママは最後に、父も何かの検査入院をするらしいと言っていた。私は父から何も聞いていないので知らないことにした。というより、父のことを考える心の余裕がなかった。

人は、簡単に裏切るものなのだな。長く連れ添った夫婦でも。私が生まれた時、お互いに大変だったのでしょう。

結局、父も母もお互いの伴侶を深く傷つけて、調停をして離婚して、やっと親子三人で同じ姓を名乗って暮らし始めた頃には、私は、五歳。

それでも、なんとか家族になって過ごしてきたのではないの？　夫婦をしてきたのではないの？

誰かを傷つけ裏切ると、いつか誰かに傷つけられ裏切られるのだろうか。

母のこんな末路は、なんとか打開しなければと、駆けつけてくれたケアマネージャーさんと施設を探すことにした。

ケアマネージャーさんに、「私が、母を家に連れて帰って介護します」と言ったのだが、彼女は反対した。

「ミノさんはまだ三十代よ。あのね、五十代六十代なら家での介護も検討に入れるけど、三十代よ。子供ができたらどうするの？　介護と子育ては、一人で両立できないわ。お母さんもそれは望まないはずよ。自分のことで苦しむ娘は見たくないもの。だから、施設の選択を考えましょう」

私の幸せを考えてくださるケアマネージャーさんはとてもありがたく嬉しかった。

そして、ケアマネージャーさんは、兄の存在を知っており、月一回は、兄が母のところへ顔を見せに来ていたことも知っていた。

「お兄様にさ、施設の入居一時金とか月額とか、下世話な話だけどお金のことはね、とても重要だから、相談してみたらどう？　お父さんだともう当てにもならないし。自分のお母さんのことでしょう。お兄様もそれなりのお年なら、今の状況も理解していただけて、きっと良い方法も探してくれるはずよ」

後日、私は母が入れそうな施設をいくつか見当を付けた。その上で、兄に電話で相談してみた。

答えはノーだった。施設に入れるのは賛成だが、自分の家でも介護できないし援金も出せないとのことだった。

「ミノちゃんちの問題だ。お父さんにお金を出してもらうのが筋だろう。こっちに話を振ってくるなよ。でも、みすぼらしい感じの養老院みたいなところだったら許さないよ。俺の母親でもあるんだからな」

と言った。

お金は出さないけど、汚いところには入れるなと……口は出すのか。

結局兄は、施設探しに協力するつもりもなく、母は私が探した施設に入所した。

東日本大震災があったので、少し入所が遅れた。それ以外では、施設探しは運良くスムーズに決まった。

母が、病院から施設へ移動する日、兄嫁さんが私と一緒に付き添った。頼んではいないのだが。兄嫁さんは、施設の見学も兼ねていたのだろう。

腰が痛いとずっと言っていたので、母には、「リハビリ施設を兼ねた整形外科に転院するよ」と嘘をついた。それで、母が納得するならなんでも良かった。

認知症は、環境が変わることが大きなリスクになるのだ。だから、慎重に事を進めた。

できてまだ半年の綺麗な施設で、スタッフさんもとても誠実で一生懸命だった。スタッフの皆さんも事前に打合せした通りに、整形外科のスタッフのフリをしてくれて、スムーズに部屋まで母を運ぶことができた。

入所が完了した頃、父がやってきて、もう家には戻れない母に悪いことをしたと思ったのか一緒に食べようとお弁当を買ってきていた。

私は、父と顔を合わせず、無言で立ち去った。母を「いらない」と排除したことを絶対に許しはしないが、それとは別に、もう一つ父を許せない理由があった。

まだ、母が入院していた三月のある日。母の施設が決まり、母の私物を取りに実家に寄ると、父しかいないはずの家なのに、母の部屋に誰かが寝たような気配があった。なぜなら、布団の畳み方が違うから。そして、誰かがキッチンで春雨を使った料理をして、そのままフライパンを洗わずにコンロに放置し、乾燥の春雨がバラバラ落ちている状態を見た。

父は料理ができない。

母が使わない来客用のお皿。来客用のマグカップ。洗面所には新しい歯ブラシ。

私は、母の印鑑と枕とカバンだけを大きい袋に入れて抱えるようにして、実家を飛び出した。

気持ちが悪かった。父が、母以外の人とあの家で暮らしていることが。

そのことで、私は父を軽蔑していた。一つだけホッとしたことがある。それは、ピーちゃんのことだ。

セキセイインコのピーちゃんは、私が父と喧嘩をして半年間音信不通になる少し前に、推定十三年というご長寿で天寿を全うした。

母は、カゴの中で亡くなっているピーちゃんに気づいていなかった。その日は週一回のスマイルさんの田中さんが来てくれる日。そして、私は母とクリニックに一緒に行く日で、田中さんも同行していただくことになっていた。私が実家に着くより前に田中さんは家に来ていて、私が玄関に入るやいなや、

「ミノさん、大変。ピーちゃんが！」

と駆けつけてきた。

ピーちゃんはまだ温かく、私の到着を待っていてくれていたように感じた。ピーちゃんをハンカチに包み、そっとカゴに戻すと母が、

「なんで包んでるの？　ピーちゃん、死んじゃった？　朝はピーピー歌ってたのよ」

母より先に私が大粒の涙を流してしまったものだから、「命は尽きるものよ」と母になだめられた。

クリニックから帰ると、ピーちゃんは、母の手で埋葬された。

その半年後に、その母が小料理屋のママに家から連れ出されて入院させられ、この家に二度と帰ることがないことになるなんて、誰が予想できたか。

でも、ピーちゃんは、知っていたのかもしれない。そうなる前に、母が元気なうちに自分の寿命を全うしようとしたような気がした。母のことが大好きだったから。

ピーちゃんがいた所には、何もなかった。

ピーちゃんが、こんな汚い家にぽつんと残らないで、本当に良かったと心底思った。

十二　四つの嘘

母が、施設に入ったことで良いことがあった。それは母の子宮頸がんの発見である。施設には看護師さんがいるので、出血にすぐ気づいてくれた。私が介護をしていたら、少量の出血に気づいたかどうか分からない。

そして、施設は、すぐに近くのレディースクリニックに予約を入れてくれて、診察ができた。結果は、ステージ四。末期だ。クリニックの医師は、大きな病院の放射線科でがんの箇所を放射線で止血だけはしたほうが良いと言ってくれた。

元気なら手術をしたり抗がん剤治療をしたりするのだろうが、母は八十一歳。今まで一か月も入院していたこともあり、体力がない。だけど、クリニックの医師は、高齢であることがかえって良いこともあるのだと丁寧に教えてくれた。

要は、高齢だとがんがあまり進まないこともあって、がんが治ることはないけれど、共存するのだと教えてくれた。放射線で止血をすれば大出血のリスクもなくなるから、施設で、普通に余生の日々を穏やかに送れる、と言ってくれて希望を持てた。

紹介していただいた大きな病院で、母は平日毎日五日間を五週間、合計二十五日間、朝九時に私が待っている病院に来て、放射線治療を受けてくれた。がんだとは知らずに。「がんだ」なんて話したら、動揺してどうなるか分からなかったから。がんのせいで、腰痛がもがき苦しむほどの激痛になっていたので、腰痛を良くするための治療だと母には説明した。

施設のスタッフさんも、毎日誰かが付き添って、母を病院まで連れてきてくれた。私一人では、頑張れなかった。母もそうだが、スタッフの皆さんが頑張ってくれたお陰で、二十五日間を乗り切れたと思う。二十五日間は、私は仕事もあったので、夏の暑さで体力的にも精神的にもとても大変だった。夫も交代で付き添いを買って出てくれたが、いくら義母でも、やはり婦人科でデリケートな部分の治療なので、男性ではちょっと抵抗があるだろうと、申し出はありがたかったが断り、その間は、家事やびーの朝散歩をお願いした。

しかしながら、兄は実母だし、そんなに先も長くないかもしれない母親だから、幾日か病院の付き添いができないか声をかけようと思った。最後の親孝行になるかもしれないということが頭をよぎったから。

親孝行なんてしたくないかな？　と思いつつも後で何か言われるよりはと、受話器を取った。呼び鈴の後、「もしもし」と兄嫁さんが出て兄は不在だった。一応、兄嫁さんに事情をお話しした。すると、兄嫁さんは即答した。

「結婚当初の約束でね、年に二回海外旅行へ行こうって私たち、約束していたの。施設に入る前は、お義母さん、いろいろバタバタしていたでしょう。だから、約束があんまり守れなかったの。やっと落ち着いたから、今月は、その約束の旅行に行くのよ。だから、ごめんなさいね。その期間は、ずーっとハワイに行っているから付き添いも無理なのよ。ごめんなさいね」

私は、やんわりとハッキリ断られた。

結婚当初の約束では仕方がないが……なんだかなぁ。親ががんで放射線治療をするっていう時も、一般的に海外旅行とか長期旅行とかって行けるものなのかな？　う～ん？　行っても近場の国内で緊急のとき、すぐに戻ってこられる場所とかなんじゃないのかな？　私が変なのかな？　考えすぎなのかな？　それに、「母が、バタバタ」って……。兄夫婦はお金の面でも施設探しの面でも、何も手伝いなんてしてなかったのに……。

この時は、私の中で少し意地悪な腹の虫がうずいた。

だが、その代わりに、母に何かがあったときは私の一任で決めることを約束してもらった。

母の治療は、暑い七月から八月のお盆前まで続いたが、なんとか無事に終わった。いつも母はスタッフさんと車で施設へ、私は駅へと、病院で「また明日ね」と言って別れていたのだが、治療の最後の日は、私も一緒に施設に帰って、母の好きな天ぷら蕎麦の出前をスタッフさんに取っていただいて、二人で「美味しいね」と向かい合わせで食べた。

私は、ここまでで母に二つの嘘をついた。絶対に言えない、バレそうになっても誤魔化し続ける嘘をついた。

ずっと、ぴーにしか相談していない嘘。その透き通る、嘘をつかないつぶらな瞳に甘えて、私は嘘を考え、何度湧き出る涙を彼女の背中で拭いたことか。

一つは、母のいる施設はリハビリ施設を兼ねた整形外科の病院ではなく老人ホームだということ。

二つ目は、母は、末期の子宮頸がんなのだということ。

これらの嘘は、母が亡くなる時に謝ろう。だから、絶対嘘を突き通すと心に強く決めていた。

そして、これから三つ目の嘘をつくことになる。

母の治療が終わってお盆が明けた頃、父の有限会社になっているマンションを一緒に経営している親戚の橋本さんから、父が危篤だと連絡が入った。

(母の入院先を速達で送ってくれたのは、この橋本さんの奥さんだった)

父と私が疎遠になっていることは、橋本さん夫妻も知っていた。橋本さんは、父の弟のような存在で、三十年くらい前から父のマンション経営を副社長として支えながら、自分も自営で仕事をしていた。奥さんも父を支えてくれて、週三日の一日四時間出勤で月三十万円。日給二万五千円という破格のお給料で会社の事務のパートを手伝ってくれていた。もちろん、父の女性関係もご存じのようで、私から見ると、橋本さんご夫妻は、父の本当の家族のような存在だったのではないかな、と思われた。

父は、大分前から前立腺がんを患っていた。病院へ治療に行っていたらしいのだが、なぜか、家族にがんのことを話すことは一切なかった。母や娘を信用していなかったのかもしれない。頼りにしていなかったのかもしれない。

あるいは、いろんな嘘が明るみに出ることが怖かったのかもしれない。

私が恐る恐る入院先の病院へ電話をしてみると、看護師長さんが電話に出て、父の状況は、家族じゃないと教えられないとのことだった。

娘だと名乗っているのだが、どうやら親戚の橋本さんが保証人になっているので、そちらを真の家族だと思っているようだった。それよりも、看護師長さんは、誰が父の奥さんなのだ？　とぶっきらぼうに尋ねた。五人ほど女性が来て、病室で喧嘩をして大変だったとのこと。

看護師長さんの横柄な口のききようと、女性は一人じゃなくて五人もいたという事実に腹が立って、大人げなく語気を強めてしまった。

「本妻は、施設に入所中です。母も娘の私も、そこには行きません。そこにいる女性の方たちで父の最期を見守ってください。あとは、親戚の橋本さんがそちらの保証人になっているのでしょう。もう、その方に全てお任せしますので。最期までどうぞよろしくお願いします」

うちの家族はとっくの昔に崩壊したのだろうな。もう、向いている方向も見ている景色もバラバラだった。最後まで三人で意見が一致することもなかったし、楽しいと思ったこともあまり思い出せない。思い出すのは幼い頃、五、六歳くらいだろうか。よく夫婦喧嘩のとばっちりで、母もそうだが私も父に手を上げられていたことくらいだ。うん。何の未練もないな。後悔もない。

これで、もう父とはサヨナラだ。

それから二週間ほどして、父が亡くなったと連絡があった。一瞬だけ、ほんの一瞬だけ悲しかった。

葬儀は、私と夫。それと……父が自らの意志でサヨナラを言った女性だけを呼んで行った。

その女性は、父の携帯電話の履歴で簡単に見つかった。彼女に電話をすると、亡くなったことに驚いてはいなかった。「葬儀に来るか」と尋ねると、彼女は「行く」というので場所を教えた。

当日、彼女はピンクのワンピースで現れた。友達の家に泊まっていたので喪服がなかったのだそうだ。そう弁解しながら現れた女性は、五十代半ばくらいで、髪がロングヘアのボサボサでお世辞にも綺麗とは言えない熱海の女だった。なんで熱海？　なんでピンク？

父が最期、朦朧とした声でこの女性に、

「ノブエちゃん、本当にさようならだよ。ありがとう」

と言ったそうだ。付き合いは二十年と言ったか。長いではないか。

「もしかして、実家にいたのはあなたですか？」

と尋ねると、

「はい。お邪魔しました。なるべく部屋を綺麗に使おうとしたんですけど」

「春雨炒めたフライパンが出しっぱなしでしたよ」

「ああ、すみません」

この人だったのか、私を驚かせたのは。

「お父さんには、うちの父が亡くなった時に葬儀代を全額負担していただいて、私も母も助かったんです。今いる母と暮らしている熱海のアパートもお金を出してくれて」

「じゃあ、あなたがこの葬儀代払ってくれるの？」

「いえいえ、まさか。払いませんよ」

「熱海のアパートの家賃はもう、自分で出してくださいね」

「はい、分かりました」

この人は、天然呆けなのか？　摑み所がない人だった。

葬儀場の小さな小さな部屋で、父があちらの世界に渡るに当たる諸々の持ち物や履き物の身支度を熱海の女も手伝った。涙一つ流さずに。夫と私と熱海の女。とても不思議な空気感が漂っていたのを覚えている。

父にも熱海の女にも、私はなんだか無性に悔しくてたまらなかった。だから、「最期くらいは自分の妻を思い出してほしい」と思って持ってきた母の写真を、嫌みなくらいに父の亡骸の顔の横や胸にずらずらと並べた。

熱海の女は、その母の写真を手に取り「これはお母さん？」とあっけらかんと言った。

父も最期、私と一緒に霊柩車に乗るのもいろんな意味で嫌だろうから、熱海の女に「一緒に乗るか？」と聞いたら「乗る」と言うので乗ってもらった。夫と私は、自分の車でその後ろを走った。

火葬場には、事前に全ての事情をお話ししてある菩提寺のご住職様が待っておられた。霊柩車から降りてきたピンクのワンピースの熱海の女に、

「ご家族のご厚意で、あなたはここまで来られたのですよ。これから先は、神聖な場所です。ご家族にお礼を言って、あなたはお帰りなさい」

ご住職様は、少しお怒り気味にそう一喝した。

私は、帰る熱海の女に、お香典は受け取っていなかったが、お車代を渡した。

「母は、この場にいないけど、母ならこうすると思うので、どうぞ受け取ってくださ い」

私はわざと「母」を強調して言った。

すると、熱海の女は、

「あら、ありがとうございます。熱海まで交通費高いのに〜。すみません」

やっぱりこの人は、天然呆けなのかもしれない。もはや、むかっ腹を立てる気も起こらず、ただ、父の棺桶をにらみつけて言った。

「なんであなたのために出会わなければならない最後の女が、あんな片腹痛い女なのよ！　まったく情けない」と。

後日、親戚の橋本さんによると、最期まで看取った人は誰もいないとのことだった。父の意識が朦朧となって、もうお金がもらえないと分かると、五人いた女性たちも蜘蛛の子を散らすようにまったく来なくなったと。

そして、橋本さんからは、立て替えた入院代と見舞いに行った時の駐車場代や父が食べたいと言うので買ったヨーグルトや飲み物やフルーツ代、その日の夜の橋本家の外食代、食品の買い物代など、父が入院している期間の大量のレシートを振込口座番号と共に頂いた。

入院代や父に関してのモノはともかく、自分たちの外食代とかまで……普通、請求するものなの？

ああ、分かった。この人も、五人の女たちと同様に父への好意ということではなかったのだな。長年世話になったから仕方なく。

今後の引き継ぐ会社の件もあるからってことだったんだ。

父を取り巻くいろんな人が、結局は、無慈悲だった。

多分、母や私に対してだけでなく、父が他の人にも酷薄だったのだろう。

父は、七十七年の寿命を全うした。

ただ、母には、絶対に父が亡くなったことを告げてはいけないと思った。なぜなら、悲しいけれど、父を忘れるほうが早そうだったから。父が亡くなったことを教えて母が深く悲しみ、精神状態を不安定にするよりも、自然に父を忘れてしまうことのほうが幸せな選択のような気がした。

ここで私は、三つ目の嘘をついた。

母に、父の死を告げないという嘘。

びー、あの時、本当に私は精神状態が錯乱していて、毎日が宙に浮いたような状態だった。そんな中で、あなたはいつも変わらずに接してくれた。頬を舐めてくれた。気持ちが、変におかしく、どうにかなりそうで張り裂けそうな時や陰鬱で下を向いてばかりいた私に、「ワンッ」と一喝吠えてくれたから、私は平常心を取り戻し、少しずつ穏やかな方向へ軌道修正できたの。私の宝物のびー。ありがとうね。

父が亡くなり遺産整理をし始めた。よく映画やドラマでも残された側のことが作品になったりするが、自分にそんなことが起こるとは思ってもおらず、それは驚くことばかりだった。

役所に死亡届を出していろいろ保険やら年金やら税金やらと手続きをしなければいけない中、私を驚かせたのは後期高齢者医療保険、介護保険、固定資産税など、どれも半年以上未払いだったこと。それに、督促状が出ていたようだが、全部父が捨てていたこと。その滞った滞納金を支払うのは、相続人の私だということ。そして、医療保険が終わると次の課の担当が待っていて介護保険の諸々書類一式の記入と滞納手続きの記入。その後、納税課などが滞納金の支払い請求のお手続きを……と手続きの嵐だった。

数日後には、支払金額と支払期日の書かれた葉書が我が家に続々と届いた。

もっと驚いたのは、父名義の実家のマンションの住宅ローンの返済がまだ残っているということ。

残金三百万円。いつまで支払い続ける住宅ローンを設定していたのだろうか？

銀行の担当者さんに電話で、

「ちょっと待って。この三百万円の残っている住宅ローンって誰が支払うの？」

「ご相続人様でございます」

「そっか～、私しかいないから、仕方がないか。じゃあ、マンションを売却して、そのお金を返済に充てますよ」

「ああ、申し訳ございません。ご売却は、住宅ローンの支払いが終わってからでないとできないんですよぅ」

と申し訳なさそうに彼は言う。

「ええ？　なんですと？」

しかも、早急に支払わなければ相続の手続きが進まない。つまり、売れない。

目の前に、白くフィルターがかかった状態になったのを覚えている。もう、気持ちを受け止めきれなくなってきていた。もう現実逃避したい。

しばらくボーっと宙を眺めていると、びーが心配してくれたのだろう。私の足下に来て、スネに寄りかかって座って、私を下から見上げてくれた。お陰で、我に返った。

「大丈夫？」

びーが、そう言ってくれているように思った。

「そうですかぁ。じゃあ、私が、支払うしかないのですね」

「お金はないけど幸せ」というが、「お金はないよりは、あったほうがいい」とこの時は強く思った。

そして、私は実家のマンションを売却した。

母には内緒で。

これで本当に母は、帰る家を失ったのだ。

母の住民票を移さなければならないので、施設ではなく、私と同じ家にした。

役所で手続きをしている時に、母は実際には同居していないけれど、夫とびーと同じお家に住んでいることになるのだな、と嬉しかった。母が紙の上だけでも孤独ではなくなるから。友人が離れ、夫が離れ、これ以上の孤独は可哀想だ。

これが、四つ目の嘘。

内緒で、母の帰る家を売ってしまったこと。

私は嘘つきだ。

そう、びーに呟いて、びーの頭頂部の匂いを嗅いで心を落ち着けた。

十三　宿命と運命

たくさんの理不尽な振る舞いと陰惨な清算をする人の多さに、ウズウズと燻る私の内の負の堆然を、時間をかけてゆっくりと、ぴーとの穏やかな日常が咀嚼し、プラスに享受していってくれた。

それでも心のダメージは意外と大きかった。私は仕事も辞めていて、心の安定に長い月日を要した。

ようやく穏やかな生活を送り始めた頃、突然事故が起こった。施設内で母が椅子から落ちて太ももを骨折し、救急搬送されたというのだ。

少し遠い病院だったので、私は到着まで二時間かかった。命に関わるとのことなので、兄にも連絡した。兄は在宅していた。処置に時間がかかってどれくらい待っただろう。兄も到着して、しばらくしてから整形外科の主治医から話があった。

「体内で、血液が充満していて、このまま何もせずにいると、二、三日でお母さんはお亡くなりになってしまいます。今、足の付け根にボルトを入れて固定する手術をすれば助かります」

(そんなこと……。はい、どっちにしますか？　って、二択で選択するようなことではないでしょう。答えは、決まっているじゃないの)

と眉を寄せて、先生をジッと見た。すると兄が私より先に、笑いながらこう言った。

「もういいんじゃないの。ねえ。ここまで生きたんだから」

私は、さっぱり言っている意味が分からなかった。

「えっ？　それって何？　もうここまで生きたから、そろそろ死んでもいいんじゃないの？　ってこと？」

兄はニヤニヤしながら、

「うん。そう。もうさぁ、結構生きたよ」

と言った。

人としてどうなのだろう。もう、どうにもこうにも助かる術がない中の選択で、「死」を選ばなければならない状況と、助かる方法があるのに、こちらが勝手にそれを無視して、その人の人生の幕を閉じてしまう「死」と。

この二つの「死」の選択は、同じ「死」でもまったく異なるものだと私は思う。生きる方法があるのであれば、その人の人生がまだ、そこで終わりではなく、その先の輝く道が続いているということだ、と私は思う。

「死」への考えは人それぞれあると思う。だが、この時、私は兄とは考え方がまったく違うと思った。そして、強く誓った、私が母を守ろうと。

「じゃあ、いいよ。私は、手術をして助かるほうを先生にお願いするから。お金は私が出すから」

先生に手術のお願いをした。兄は、家に電話をかけに行った。

施設の施設長さんと施設の看護師さんも同席していたので、「ちょっとお兄さんの発言に驚いてしまいましたよ」と動揺していた。続けて、

「あの、これはこちらのミスで起こってしまった、あってはいけない事故で、お母様には本当に申し訳ないことをしてしまいました。手術や入院費など、また後日、本社の人間も含めて改めてお話しさせてください」

と言ってくれた。

手術の当日、兄は、あんな発言をしたから来ないかなと思っていたら、兄嫁さんが

来た。後に兄も来た。手術が終わるのを待っている間、兄嫁さんは、ハワイの話とハワイのスパの話、自分の亡くなった母親の話と私の戸籍上の父親とその再婚相手の奥さんの話をずっとしていた。

正直、そんなこと私にはどうでもいい話だった。

手術は、無事に成功した。主治医の先生は、二週間ほど入院して様子を見て、退院できると言ってくれた。

入院中のある日の夕食後。母は、ボーッと天井を見ていた。最近よく、

「ミノちゃん、ごめんね、ごめんね」

と何に対してなのか、よく謝るようになった。その日も同じように謝った。私はいつものように、

「謝るようなことではないよ。みんな順番なんだから。私だって、いつか誰かに、こうしてお世話になるのだから」

汚れ物を畳んで、家に持って帰るバッグに詰めていると、急に母が私の腕を強く掴んで、カッと目を見開いて、こう言った。

「アタシの口座のお金、ミノちゃん全部使っていいからね。でも、お兄ちゃんには、

一円もあげないでよ。いい、分かった？　一円もあげちゃダメだからね」

ビックリした。そんなにハッキリと滑舌良く話すことも最近はなかったのに、急に以前の元気な母のように話すから。

「お母さん、いくらお金持ってると思ってるの。あげるほどないよ」

とりあえず私は、そう言って笑ってみせた。母も「そっか〜」と、先ほどとは違い、穏やかな目になって、また天井を見つめていた。

帰りのバスの中で、

（さっきのあれは、いったい何だったのだろう？）

と考えていた。

（もしかしたら、母は、私たちが主治医の先生と手術をするかどうかの話をしていた時、生死の境を彷徨っていたから、魂が浮遊していたのかしら？　兄の『もう死んでもいいんじゃないの』っていう発言を聞いていたのかしら？　お金は私が出すって言ったから、口座のお金を使いなさいよって心配して言ってくれていたのかな？　ん〜。どうかなあ。でも、辻褄は合うのよね）

帰りの道中は、もうグルグルとスピリチュアルな不思議で頭がいっぱいだった。

ちなみに、約束通りこの入院と以後の治療費は施設が全額負担してくれた。

それからも、ずっと母の言葉が頭から離れなかった。あんなに強く腕を掴んでくれたのも、しっかり会話ができたのも、後にも先にもあの時だけだったから。

その後は、穏やかに春夏秋冬と巡る優しい時間を紡いだ。母との本当のお別れが来るその日まで、後悔のないように心がけた。

私は、心でいつも考えるようにした。頭で考えると打算が生まれるからだ。

これは、今までの数々の出会った方々から学んだ私の武器。そして、何よりもぴーが気づかせてくれたのだ。このコたちは、人をまやかさない。それは、素直に心で考えて、直球で返してくるから。まやかす余裕なんてない。嬉しい・楽しい・寂しい・怒り。みんなストレート。

ここまで、いろいろ遠回りをしたと思う。正直、自分の行く末のことをまじまじと考え、自分のために時間を使うなんて、ここ十年近くなかった。

母が認知症を患いはじめの頃は、周りの友人は妊娠出産、子育て中。親の介護の話なんて畑違いだった。

心の思いを相談できるのは夫だけだった。悪く言えば捌け口も夫だった。お義父さんの介護のこともあったから、私たち夫婦はお互い二人三脚で、未熟な知恵を振り絞り、支え合わないと共倒れてしまう。

本来苦しいだろう日々を面白おかしくしてくれたのが、びー。彼女が、我が家の家族になってくれたから、辛い時も乗り越えられた。彼女は全部知っている。全部見ている。私たちがどうだったかを。彼女の運命は、私たちと共にある。私たちは、彼女に寂しい思いだけは決してさせてはいないと誓える。「びーを守ろう」というのが、二〇〇五年三月十三日、びーを家族に迎えた日に二人で決めた約束だから。

あんな自尊心の高い母親でも、私を手放さずに育ててくれたから、最期まで寄り添うことを選んだ。私が私らしく自分をきちんと客観的に見られて、母を見限らないでいる強い心を持つことができたのは、夫とびーがいたから。ありがとうね。

二十代で蓄えた荒削りな多くの経験を、三十代で取捨選択・四捨五入、諸々試行錯誤して精査して、咀嚼してまた吟味して……を繰り返して、四十代で本当に自分に必要なものが自ずと見えて、掌の中に残るものだと思う。

それは決して多くではない。

そして、私は思う。これまでの生きてきた経験をぎゅっと濃縮して作った小さな種が、これから訪れる五十代六十代七十代八十代と、歳を重ねるその時に、その種が芽を出し、蕾が少しずつ膨らんで、輝きを増し華やぎをもたらし、香り高く美しく花を咲かせ、謳歌し、全うする。そうやって人生を、彩っていくのだと思う。

種は幼少期に芽を出すのではなく、種は真に大人になってから芽を出すモノだと。夢・仕事・家族・生活・友達……どれも自分が選択して見つける。そのいずれかが、ちょっと自分が不自由さを感じる方向へ、または間違った方向へ向かってしまったとしても、今までの経験が、智力が、総力戦で正しいほうへ導いてくれる。

それが私。それが私の運命。

私の生まれた状況は宿命。姓を四回変わった人。兄と同じ姓。母の旧姓の姓。父と同じ姓。そして……夫と同じ姓。

楽しい時もあったし辛かった時もたくさんあったけれど、それでも、自分が受け止めて誇り高くいれば、それは素晴らしい宿命。

夫がこう言った。

「気づいてた？　俺と同じ名字が、一番長く名乗ってる名字なんだよ」

そう。私は、夫とぴーと同じ、この姓の今が一番心地よい刻《とき》を感じる。透き通る風を感じる。

私は、ようやく自分の宿命を受け入れ、重い扉を開けて、天命を全うするその日まで、ゆっくりと倖《しあわ》せを探しに歩もうと思う。今度こそ自分の倖せのために。今まで出会ってきたさまざまな人は、多分私が普通に生きていたら出会わなかった人たちだ。悔しい気持ちも悲しい気持ちも全て成長の肥やし。そのお陰で人としてより深みを増すのだと全てをポジティブに受け入れていこう。暗闇はもうおしまい。

やがて、私の夜と朝の狭間は、だんだんと明るさをおびていくのだろう。


母は、末期の子宮頸がんだったのだが、なぜかがんはまったくどこかへ行ってしまった。最期の七日間は、施設の自室の自分のベッドで昏睡状態だったが、一晩中話をしたり（一方的だが）、一緒にお寿司や天ぷら蕎麦を食べたり（母は香りだけだったが）思い残すことが私にないように、あちらの世界に行く足を少し遅らせながら、時間をくれた。

私がついた嘘を全部ゆっくり聞いてくれた。

ごめんね、たくさん嘘をついて。

そして、母は、ゆっくりと息を引き取った。
二〇一八年三月六日　享年八十九歳
窓の外を見ると、凜と咲いているアネモネの花がベランダを彩っていた。

〈終〉

おわりに

私は、両親の生前、よく夫とぴーとで山や湖へ遊びに行きました。あまり人がいなさそうな所を選んで。

なぜかというと、のんびりと森林の濃い空気や自然の音を感じたかったから。自分の両親なのに疎外感を感じてしまう自分をリセットしたかったのかもしれないし、単に人と離れたかったのかもしれません。

ここに綴ったお話は、にわかには信じがたいことと感じられると思いますが、私の身に起きた真実です（登場人物は全て仮名にしてあります）。まだまだエピソードはありましたが、簡潔に集約して心のままに記してみました。

シッポ娘ぴーに出会わなければ、おそらく心の浄化が追いつかなくて、負の要素だけが溢れてしまい、自分が恐ろしい人間になってしまっていたかもしれない、と想像するだけで怖いくらいです。

びーを撫でるだけで気持ちは落ち着き、寝息を耳にするだけで安心して眠れる。びーがいつでも生きることに全力でいてくれたから。私は、びーを灯台にしていたのかもしれません。

心が彷徨っても戻ってこられる場所。私の人生にびー、あなたが加わってくれて本当にありがとう。

そして現在、愛するシッポ娘びーは、左眼も光を失いました。両眼の視力を失い、戸惑いと不安に襲われました。びーの悲しそうな鳴き声に、私は抱きしめて「ここにいるよ」と言ってあげることしかできませんでした。しかし、壁にぶつかりながらもゆっくりとお鼻で匂いを感じ取りながら前進する彼女に、私は決して涙を見せません。私は今までびーにたくさん助けてもらいました。今度は私が、びーの目となる番だから。笑顔で「びー」と声をかけ続けます。

この本を出版するにあたり、私の作品に光を当ててくださった文芸社の川邊さん、拙い私の文章をより読みやすく編集してくださった今泉さん、書籍完成までに携わってくださったすべての方々、本当にありがとうございました。

そして最後に、この本をお手に取って読み進めてくださった皆様、心より御礼申し上げます。皆様にたくさんの幸せが訪れますように。

令和二年三月

新瀬　未埜

著者プロフィール
新瀬 未埜（あらせ みの）
1971年、埼玉県生まれ。
大学卒業後、インテリア雑貨の小売会社に就職。百貨店、飲食店、病院、建築資材商社など、さまざまな業界で働く。
2005年、ビーグル犬の「びー」を家族に迎える。

アネモネ ～数奇な運命と朝月夜～

2020年６月21日　初版第１刷発行

著　者　新瀬 未埜
発行者　瓜谷 綱延
発行所　株式会社文芸社
〒160-0022 東京都新宿区新宿1－10－1
電話 03-5369-3060（代表）
03-5369-2299（販売）

印刷所　株式会社フクイン

ISBN978-4-286-21654-6